ベリーズ文庫

8度目の人生、嫌われていたはずの王太子殿下の溺愛ルートにはまりました～お飾り側妃なのでどうぞお構いなく～3

坂野真夢

STARTS
スターツ出版株式会社

目次

8度目の人生、嫌われていたはずの王太子殿下の溺愛ルートにはまりました～お飾り側妃なのでどうぞお構いなく～3

特別書き下ろし番外編

最強の狼聖獣
ドルフ

幼少期のフィオナに拾われる。
フィオナの7度ものループを
起こした張本人。ドルフ曰く、
「俺がフィオナの飼い主」
なんだとか。

オズボーン王国国王
オスニエル

軍神と呼ばれるなどもともと
好戦的な気質だったが、
今は平和を重んじる良き国王。
前国王から王位継承の条件として、
嫌々フィオナを妃に迎える。
気づけば妻一筋の
愛妻家に。

王妃
フィオナ

ブライト王国の元王女。
人質として敵国・オズボーン王国へと
嫁ぎ形だけの側妃となるも、
紆余曲折を経て正妃に。
オスニエルの寵愛を受け
双子を出産し、現在は
第三子妊娠中！

ブライト王国王太子
エリオット

フィオナの弟で、
フクロウの聖獣・ホワイティの
加護を持つ。
穏やかで心優しい性格だが、
巧みな交渉術を持つ、実はキレ者。

オスニエルの側近
ロジャー

オスニエルの右腕的存在。
五年前に子爵位を与えられ、
ロジャー・タウンゼント＝
エーメリー子爵となる。
未だに独身。

フィオナの元侍女
ポリー

サンダース男爵令嬢。
護衛騎士・カイと結婚し二児を
もうける。出産を機に
フィオナの侍女を辞めたが、
今でもフィオナの良き相談相手。

強欲貴族
ベンソン伯爵

鉄鉱石の採掘事業に力を入れるも、
その土地は実はチャドが
守っていた場所で…。
地盤沈下が起きるも、無理やり
事業を続行しようとしている。

カルニック王国女王
グロリア

オズボーン王国より前に存在した
カルニック王国の女王。
チャドが加護を与えていたが、
隕石の衝突により国は滅び、
亡くなる。

人物紹介
Charactar

8度目の人生、
嫌われていたはずの王太子殿下の
溺愛ルートにはまりました
~お飾り側妃なので
どうぞお構いなく~
3
気まぐれな狼聖獣
リーフェ
ルーデンブルグの湖と
近くの森を守る聖獣。
気まぐれで双子に加護を
与えたものの、
その力は未知数。
双子の姉
アイラ
社交的で誰とでもすぐに
打ち解けられる。
明るくおしゃべりで、リーフェと
一緒に寝るのが大好き。
リーフェの加護を受けていて、
人ならざるものが見える
【探知能力】を持つ。
ネズミ聖獣
チャド
オリバーに保護される。
オズボーン王国より前の
時代から生きていて、
現在は力を
失っている。
双子の弟
オリバー
内向的だが、心優しい王太子。
誰からも好かれるアイラを密かに
うらやましく思っていて…。
リーフェの加護を受けていて、
他人の力をより強力にする
【増幅能力】を持つ。

8度目の人生、嫌われていたはずの
王太子殿下の溺愛ルートにはまりました
～お飾り側妃なのでどうぞお構いなく～3

プロローグ

オスニエルの戴冠式がおこなわれてから、早七年。

その間、オズボーン王国では戦争もなく、皆平和な日々を過ごしていた。

各領土の特性を活かそうという妃《きさき》フィオナの提案で、彼は王太子時代から道路整備事業を推し進めてきた。結果、広大な領土をつなぐ交通網が整備され、新聞が流通するようになり、情報が価値のあるものへと変わってきていた。

時折、自然災害による被害などはあれど、おおむね豊かになった暮らしに、国民の多くは満足していた。

しかし、それで終わりではない。人は、常に上を求めるものだ。

オスニエルは、試行錯誤を重ねながら進化していく国の長として、また、揺るぎない信念を持つ柱として、忙しい毎日を過ごしていた。

執務室のある城と、後宮の間には庭が広がっている。

前王の後宮を解体した際、オスニエルはフィオナたちの住む後宮もより快適に過ごせるよう改築した。

後宮からも城からも利用しやすいように、途中に湯殿をつくり、渡り廊下でそれらをつないだ。後宮の警備のための詰め所もつくり、人の出入りをしっかりと見張らせている。

廊下を歩いていくと、見張りの兵がオスニエルに気づいて黙礼する。

「ご苦労」

オスニエルは、軽くねぎらい、後宮の中へと入る。

改築前と比べて後宮内は広くなり、侍女たちの部屋も以前より多く確保してある。

もうじき日が変わるような時間だったため、後宮内は静まっていた。不寝番の使用人が、詰めている部屋から出てきて頭を下げる。

「もう湯あみも終えてきた。あとは勝手にやるから気にするな」

「ですが……」

「いい。俺も寝るだけだ」

そのまま、オスニエルはまず長女のアイラの部屋に向かう。長男のオリバーとアイラは双子として生まれ、共に十歳。今はそれぞれ独立した寝室を持っている。

「むにゃあ、くふふ」

扉を開けた途端に声が聞こえ、オスニエルは起こしたかと焦った。しかし、近づいてみれば、アイラの目はしっかりと閉じられている。しばらく見ていると、口もとを緩ませ、「んー。リーフェったら」と寝言を漏らした。

「夢でも見ているのか？　眠っていてもおしゃべりだな」

オスニエルは自然に微笑む自分に気づく。感情表現が豊かで素直なアイラは、見ているだけで、一日の疲れを吹き飛ばしてくれる。

次にオリバーの部屋に行くと、こちらは布団を蹴飛ばして寝ていた。

「元気がいいな」

オスニエルが苦笑しつつ布団をかけ直すと、オリバーは暑いのか、眉を寄せて寝返りを打った。しかし目を覚ますことはなく、すぐに深い眠りに落ちていく。

「熟睡しているようだな」

現在、双子は王都の学校に通っている。日々忙しく過ごしているのだろう。オスニエルが後宮に戻る頃にはたいてい寝ていて、朝くらいしか話すタイミングがない。

（今度、ゆっくり休暇を取らなくてはな。子供のためというよりも、自分のために）

王として威厳のある姿を見せなければと思うあまり、普段はそっけなくしてしまうが、オスニエルだって、思いきり子供たちを抱きしめたいのだ。

最後に夫婦の寝室の扉を開けると、ベッドにはフィオナがいるのであろう布団の膨らみが見えた。銀色の狼が、枕もとで彼女を見守るように座っている。聖獣姿のドルフだ。

ドルフは、フィオナの故郷であるブライト王国の神聖なるルングレン山に住んでいた聖獣で、彼女に加護を与え、守っている。オスニエルからすると、舅《しゅうと》のようなものだ。フィオナを幸せにしないのなら、子供ごとまとめて連れ去ってやると公言されている。

人目がある日中は、子犬に化けてふさふさの灰色の毛をなびかせているが、ごくプライベートな空間では本来の姿である淡い銀色の光を放つ狼の姿をとっている。

『残念だったな。フィオナなら寝てしまったぞ』

ドルフの声が頭に響く。子犬姿の時、オスニエルにはドルフの声は犬の鳴き声にしか聞こえない。ただ、こうして聖獣の姿をとっているときには、頭の中に理解できる声が響いてくるのだ。

オズボーン王国は聖獣の存在を信じておらず、文献もほとんどない。オスニエルにとっては、聖獣全般が不可解な存在ではあるが、フィオナを守るという点において、ドルフより信頼できる存在はいない。

そう信じるには大きな理由がある。

ドルフには時間を操る能力があり、オスニエルと婚約する十七歳から、非業の死を遂げる二十歳までのフィオナの人生を、これまで七度も巻き戻したらしいのだ。

もちろん、オスニエルには巻き戻りの記憶などない。彼にとってフィオナと共に過ごす人生は、今回が初めてだ。

しかしドルフが言うには、その七度の死は、結果的にオスニエルが原因だったともいえる悲惨なものだったらしい。

(つまりドルフはフィオナの幸せのためになら、誰の人生を犠牲にしてもかまわず、時を戻す選択をするということだ。信じがたい話ではあるがな……)

七度の死の記憶は、フィオナにはしっかり残っているようで、彼女は最初に対面したときから、オスニエルのことを軽蔑し、できるだけかかわらないようにしていた。

(まあ、最初は軽蔑されても仕方のないことをしたしな)

オスニエルは、父王から命じられたこの結婚が気に入らず、輿入れ道中にフィオナを襲わせて逃げ帰らせようとたくらんでいた。しかし、フィオナは飄々《ひょうひょう》とした態度でやって来て、オスニエルを驚かせたのだ。

その後も、てっきり泣き暮らすものだと思っていたフィオナは、予想外に楽しそうに後宮での引きこもり生活を満喫していた。

かと思えば、突然孤児院の支援をしたいと活動的なことも言いだす。

気がつけば、オスニエルはフィオナのことが気になって仕方なくなっていた。

なにせ、女といえば媚《こび》を売ってくるような輩《やから》ばかりだ。フィオナのつんけんした態度は非常に物珍しいものだったし、ポンポン言い返してくる反応の速さも小気味よかった。

彼女は想像していたよりずっと肝が据わっていて、民のことを考えていて、優しく愛情深い女性だった。

オスニエルはいつしか、彼女から目が離せなくなり、同時に自分のことも見てほしいと願うようになっていたのだ。

しかし、最初にしでかしたことがひどすぎた。フィオナを後宮に閉じ込めた上にほったらかしにしていたオスニエルは、そこから彼女の心を手に入れるまで、かなりの苦労をしなければならなかった。

元正妃候補のジェマが起こした毒殺未遂事件はひどいものだったが、フィオナを手に入れられたという点ではよかったと、オスニエルはひそかに思っている。

「……今日はフィオナの体調はどうだった？」

オスニエルはフィオナを起こさないよう小声でそう言うと、彼女の寝顔を眺めた。

白い肌に、長い銀髪。嫁いできた頃は、まだ少女のようなあどけなさがあったが、二十九歳の今は、すっかり大人の女性になっている。

フィオナは現在、第三子を妊娠中だ。九ヵ月になった今は、お腹が大きくなっているためか、横向きで眠ることが多い。

『お前も心配性だな』

毎日のように同じことを尋ねるオスニエルに、ドルフからはあきれたような声が返ってくる。

「昔のことを思い出せば、仕方ないだろう。アイラとオリバーを出産したときは、何ヵ月も寝込んで大変だったじゃないか」

「……ん」

思いのほか大きな声が出てしまったせいか、フィオナがゆっくりまぶたを開いた。

「オスニエル、様。まあ、おかえりなさいませ」

「フィオナ、無理に起きなくてもいいぞ」

「せっかくあなたが帰ってきたのに、また寝ろとおっしゃるの？」

フィオナは微笑みながら軽くオスニエルを睨むと、体を起こした。オスニエルはソファからクッションを取り、彼女の背中を支える位置に置く。

「ふたりで、なんの話をしていたの？」

フィオナに興味津々に問いかけられ、オスニエルはドルフと目を合わせて苦笑する。

「オリバーとアイラを妊娠したときの話だ」

「ああ、あの時は大変でしたね」

フィオナが双子を妊娠したのは、結婚して一年もたたない冬のことだった。

当時はオスニエルもフィオナも妊娠には気づいておらず、ルーデンブルグという自然豊かな土地で、初めての旅行を楽しんでいた。が、着いたその晩、フィオナに変化が現れたのだ。

「突然、氷の力が暴走するのですもの」

氷の力とは、フィオナがドルフの加護によって得た能力だ。自分の好きな大きさの氷の粒を作ることができ、それで人を攻撃することもできる。

もっとも、平和的な思考の持ち主であるフィオナが、他人を攻撃するためにそれを使うことはほとんどない。自分の身を守るときに仕方なく使う程度だ。

双子を妊娠したときは、フィオナの意思とは無関係に氷の力が暴走し、オスニエルを凍結状態にしたり、部屋を凍り付かせたりと大変だったのだ。

「触ればこちらが凍りつくのだから、俺も焦った。お前に触れられなくなったらどうしようかと思ったぞ」

原因を究明するため、ドルフはルーデンブルグの湖を探索することにした。力を暴発させているフィオナから、自分とは違う生き物のにおいを感じ取ったからだ。

そして、そこには聖獣が隠れ住んでいたのだ。

名前はリーフェ。ドルフと同じ狼の聖獣だが、体毛が白い。

孤独だったリーフェは、同族のドルフを見つけ、彼が自分の存在に興味を持つようにと、思いつきでフィオナのお腹にいる双子に加護を与えたのだそうだ。

『リーフェも、よく腹の中にいる子供に加護を与えようなどと無謀なことを考えたものだ』

「同じ聖獣のドルフでさえ、そう思うのね」

『基本聖獣というのは気ままな生き物ではあるが、あいつは常識がなさすぎだ』

あきれたように言うドルフを、オスニエルは苦笑しつつ眺める。

リーフェの加護を与えられた腹の子は、まだ人間として生まれてさえいない。当然、それを操るだけの意思もないし、リーフェは与えた力がなんであるかもわからないと言った。

だから、フィオナの力の暴走が、リーフェの加護を得た腹の子のせいだということはわかっても、解決する方法は見つからなかった。

「結局、出産の時も部屋が凍りつきそうなほど冷えてしまって、産婆さんには申し訳なかったわ」

「あの時は、大量の薪《まき》を準備したんだったな」

「生まれてから落ち着いて、ホッとしたもの」

「だが、体調は崩してしまったではないか」

フィオナは出産という大仕事と加護の力の暴走に振り回されたことにより、体調を崩してしまい、それからしばらく寝たきりの生活を送ることとなってしまったのだ。

「あの時、俺は、フィオナが死んでしまうのではないかと、気が気じゃなかった」

『俺がそばにいて、死なせるはずなどないだろう』

得意げに鼻を鳴らすドルフを、フィオナは微笑みながら見つめ、オスニエルは白い目で睨む。

「お前に任せておいたら、またフィオナが十七歳の時まで、時間を戻してしまうじゃないか」

聖獣は人に加護を与えるが、自分の意思を覆すことはない。フィオナがどんなに嫌がったとしても、ドルフは自分が必要だと思えば、容赦なく時を戻すだろう。

オスニエルは、今が幸せだ。フィオナを心の底から愛している。彼女が応えてくれたこの人生を失いたくはない。

不満げなオスニエルを見て、ドルフは鼻で笑った。

『そんなことはしない。俺も、オリバーやアイラがいなければつまらないからな』

「あら、ドルフ。かわいいことを言うのね」

『オスニエルの血も入っていることは癪《しゃく》だが、あの子たちはいい子だ』

「ひと言余計だ」

オスニエルは、言い捨てるとフィオナの膨らんだお腹をじっと見つめる。

(本当に、あの時は肝が冷えた。あんな思いはもうごめんだ。だから、もう妊娠させるつもりなどなかったのだが……)

国王という立場からすれば、子供は多い方がいい。

オスニエルだってそれは理解しているが、出産がきっかけでフィオナを失うかもしれないという疑念が消えず、なかなか次の子が欲しいとは思えなかったのだ。

『でも妊娠したじゃないか。失敗したのか』

不意に、頭にドルフの声が聞こえてきて、オスニエルはぎょっとする。

「お前、俺の心が読めるのか？」

『心など読めん。ただ、お前は案外考えていることが顔に出るからな』

「……オスニエル様、突然どうしたのですか？」

フィオナがきょとんとしてオスニエルを見つめる。どうやら今のドルフの声は、フィオナには聞こえていないらしい。

オスニエルがドルフを睨むと、彼はそっぽを向き、くっくっと笑う。

『今は、お前だけに話しかけている。フィオナには聞こえていないぞ』

「なっ……そんな器用なことができたのか？」

『あたり前だ。俺をなんだと思っている。聖獣だぞ』

当然のように言われて、オスニエルはなにかしら言い返してやりたくなった。

「オスニエル様？　ドルフと話しているんですか？」

しかし、フィオナがあまりにも不審そうに見ているので、押し黙る。内容まで追求されるのは避けたかった。

「なんでもない。それより、今回の妊娠は大丈夫なのだろうな。調子が悪ければすぐに言うのだぞ」

「オスニエル様ったら、心配性ですね。大丈夫ですよ。今回、お腹の子はひとりですし、私の体力的にも問題ありませんもの」

「そうは言っても、前のように倒れられたら困るんだ」

　オスニエルは、はあと深い息をつく。

　オスニエルはフィオナがかわいい。ただでさえ執務が忙しく、休日は子供たちとの時間もある。たまにゆっくり取れた夫婦の時間に、タガが外れてしまうことだってあるのだ。

　オスニエルが思い出して目を細めていると、うしろからドルフに尻尾でたたかれた。

『それで、計算がくるって妊娠させたってことか？　いやらしい奴だ』

「だからお前は……っ」

　またも、表情から考えを読まれ、オスニエルは思わずカッとなる。

「もう、どうしてふたりで内緒話をしているのですか……」

　オスニエルとドルフがこそこそしていると、フィオナがしょぼんとする。オスニエルは気まずいと思うと同時に、その様子をかわいいと思ってしまう。

「べつに内緒話なわけではない。この子が生まれてくるのを、心待ちにしているという話をしていただけだ」

　妊娠しないようにと気をつけてはいたものの、実際に『子が宿りました』と言われたときに湧き上がったのは、やはり歓喜だ。

男か女かと共に語り合う時間も愛おしい。

子供たちは、自分と彼女をつなぐ宝物だ。それが増えることは単純にうれしい。

「本当に、私も楽しみです」

フィオナが幸せそうに微笑む。それだけで、オスニエルは世界中から称賛されたような誇らしい気分になるのだ。

切れ長でやや鋭利な印象を与えるオスニエルの瞳が、こんなにも優しく細められるのは、一日のうちで、後宮にいるときだけだろう。

「ところで、リーフェはどこに行ったんだ？　アイラの部屋にもいなかったが」

『あいつはいつものように、ルーデンブルグの湖の様子を見に戻っている』

思い出したようにオスニエルが問いかけると、ドルフが答えた。

「もうここに住んでいるようなものなのに、律儀《りちぎ》だな」

『母親との約束なんだそうだぞ』

「リーフェにとっては大事なことなのでしょうね」

リーフェの母親は、彼女に『ルーデンブルグの湖と、その周辺の森を守るように』と言ったらしい。リーフェはその言いつけを守り、ひとりになってからも湖と森を守り続けているそうだ。

「まあ、もめ事さえ起こさなければ、それでいいけどな」

「そうですね。リーフェになにかあれば、オリバーもアイラも心配しますから」

リーフェは、子供のように後先を考えない性格だ。それゆえに、トラブルを引き起こすことが多々ある。

「オリバーとアイラがそろったときに起こる奇跡の力は、ジャネットの事件以後、発現していないのだよな？」

双子が一歳半の頃、当時は王太子だったオスニエルには、側妃を迎えろという王命があった。反発していたオスニエルだったが、相手である公爵《こうしゃく》令嬢ジャネットは、王の命を受けて王城にやって来てしまったのだ。

実はジャネットの目的は、オスニエルへの復讐で、彼女は王都で洗脳騒ぎを起こしたのだが、それを解決する過程において、アイラとオリバーの能力も判明した。

アイラの力は人ならざるものが見える探知能力、オリバーは他人の力をより強力にする増幅能力だ。しかもそれだけではなく、ふたりが共鳴し合うことで、さらに特別な力が発現したのだ。

当事者であるジャネットによると、ふたりから発せられたのは浄化の力だったらしい。その力のおかげで、ジャネットは亡き夫ユーインの遺志を知り、ふたりの間にあったすれ違いにも気づいた。ジャネットは幽霊となって自分を見守っていた夫に、自分の気持ちを伝えることができ、凝り固まっていたオスニエルへの憎しみの気持ちを昇華することができたのだ。

(ふたりには特別な力がある。しかも、それは俺には理解しがたい、非現実的な力だ)

武に長《た》けたオスニエルは、人間相手なら負け知らずだ。だが、相手が聖獣となるとそう簡単にはいかない。

不安が顔に出ていたのか、フィオナが心配そうに見上げてくる。

「オスニエル様？」

「なんでもない」

オスニエルは彼女を安心させるために、あえて笑顔を作った。

(自信があろうがなかろうが、守るしかないのだがな)

ふう、とため息を落とし、気になっていたことを聞いてみた。

「……なあ、リーフェの母親は亡くなっているんだよな？」

『本人はそう言っていたが、どんな経緯だったのか詳しく聞いたことはないな』

リーフェには、風を操る能力と、人ならざるものを感知する力、加えて増幅能力がある。

この増幅能力というのが、ドルフいわく、とても珍しいものらしい。

聖獣というのは力の強さで立ち位置が決まる。だから、力の弱い聖獣にとって、リーフェは身内に欲しい能力の持ち主なのだ。

『そういう能力持ちだからな。母親は、あいつの存在を隠すことに必死だったのではないだろうか。まして、リーフェは常識がないから危なっかしい』

「そうだな」

「そのリーフェをひとり置いて死んだのですから、きっと心配だったでしょうね」

守りたくても、通常、親は子よりも先に死ぬ。それは自分にも言えることだとオスニエルは思う。

『お前たちも、……気をつけてやれ。オリバーのことを』

神妙に語るドルフを、オスニエルとフィオナが見つめる。

「オリバーを?」

『聖獣ってのは、力による上下関係が強いんだ。ルングレン山でも、俺の一族が一番強く、事実上そこの長となる。まれに野心のある奴が、長の座を奪うために、こちらの寝首をかこうとしてくるんだ。そんな奴らが、増幅能力の存在を知ったら、間違いなく利用しようとするだろう』

「オリバーが狙われるっていうの？」

『オリバーだけじゃない。リーフェもだ。あいつらは、力はあるくせにその価値をわかっていないからタチが悪い』

「でも、オリバーに増幅能力があるなんて、言わなければわからないんじゃないの？」

フィオナが疑問を口にする。

『いや、……長く一緒にいれば気づくと思う。オリバーがそばにいるときだけ、力がみなぎるとか、力を使うのが楽だとか……。オリバーが意図的に使わずとも、無意識に力を放出しているときはあるからな』

「そうなの」

『俺も、あの子がいるときに力を使うのは楽だぞ？』

「だから、夜の散歩にホイホイ行くのね？　やめてって言っているのに」

『それは……っ。いいだろう、少しくらい。オリバーにだって気晴らしが必要なんだ』

ドルフは、時折オリバーにせがまれて、夜に城を抜け出している。フィオナは心配なのか、やめてほしがっているが、オスニエルは許容している。

「俺もそこまで目くじらを立てる必要はないと思うぞ。ドルフがついていれば万が一ということもないだろうし、男の子には冒険心が必要だ」

「オスニエル様まで！　ずるいわ。男同士で徒党を組んで！」

フィオナが頬を膨らませ、拗《す》ねたようにそっぽを向く。

「怒るなよ、フィオナ。なんにせよ、オリバーとアイラを守るのは、俺たちの仕事だ。気になることがあれば、ドルフも報告してくれ」

『ああ』

「そろそろ寝るか。また明日も早い」

オスニエルが明かりを消し、フィオナの隣に横になる。ドルフもうなずいてカーペットの上で丸くなった。

フィオナの銀色の髪を、節くれだった指で梳《す》きながら、オスニエルは目を閉じる。

夢の中でも、愛する妻と共にいられることを願いながら。

オリバーの憂鬱

春、王城と後宮の間にある庭園には、色とりどりの花が咲き乱れている。

休日の昼下がり、アイラは芝生に腰を下ろしてのんびりと日向ぼっこをしながら、蝶々を追いかけている子犬姿のリーフェを眺めている。

オスニエル似の切れ長の目に、ピンクがかった灰色の瞳。緩くウェーブを描く黒髪は、胸のあたりまで伸びている。まだ十歳とはいえ、その美しさは多くの人のうわさに上るほどであり、アイラがこうして庭園に出ているときは、オリバーが過保護だなぁと思うほど、見張りの近衛騎士が巡回する頻度が高い。

(この庭園に一般の人なんて入ってこないのに……。それに、アイラは動くのが嫌いだから、あまり怪我《けが》をするようなことはしないんだけどな)

オリバーは、庭の隅で剣の素振りをしながら、張りきって巡回する騎士たちを横目にそんなことを考えていた。

フィオナ似と言われるくりっとしている丸い目を細め、虚空の一点を狙う。黒髪に銀色のメッシュが交じる髪の隙間から、汗が流れ、日の光を反射して光った。

「……ふう」

どんなに鍛錬を重ねても満足できないのは、いまだにオスニエルの足もとにも及ばないことが、自分でわかっているからだ。

（父上は、王でありながら国一番と言われる戦士だ。世継ぎの僕が弱かったら、話にならない）

オリバーが動きを止めると、すかさず王宮侍女がタオルを差し出してくれる。

「ありがとう」

青みがかった灰色の瞳を細めて礼を言うと、侍女たちははにかんだように微笑み、うつむいた。

背はアイラよりも五センチほど高く、腕にも足にも常に鍛えているとわかるくらい筋肉がある。同じ年代の男子から見れば、大人びて見えるオリバーの相貌は、周囲の女性たちを緊張させてしまうほど整っていた。

『あー、おもしろかった』

リーフェがアイラのもとに戻り、横にちょこんと座った。子犬姿のリーフェの声が聞こえる人間は、聖獣の加護を得ている者——この城では、フィオナとアイラとオリバーだけだ。侍女のシンディには「キャン」という鳴き声しか聞こえていない。

「あれっ、リーフェ。怪我をしているわ！」

　アイラの甲高い声に、オリバーは視線を彼女たちの方へ向けた。

『大丈夫だよ、アイラ』

「でも血が出ているもん。シンディ、薬を持ってきて！」

「はい、アイラ様」

　シンディは、リーフェの右うしろ足の傷口を確認すると、早足で後宮の方へと戻っていく。

　リーフェは嫌そうにアイラを見上げたまま、じりじりとうしろに下がった。

『ちょっと、ぶつかっただけ。平気』

「そんなこと言ってぇ。逃げるつもりでしょう。駄目よ！」

『だってぇ。しみるもん、薬。嫌だ』

　子供のような駄々をこね、リーフェは背中を向けて逃げ出した。こうなるとアイラでは追いつけない。アイラはあっさりと方針を変えて、オリバーに向かって叫んだ。

「オリバー！　リーフェを捕まえて！」

　その声に、オリバーは練習用の剣をその場に置き、リーフェが向かった方向へ先回りするように走りだした。

オリバーは昔から、アイラの頼みには、考えるより先に体の方が勝手に動いてしまうのだ。

双子ならではの連係プレーのおかげで、アイラは運動神経が悪くとも、日常生活で不便を感じることがない。

リーフェは、オリバーに気づいて進路を変えたが、すでに遅かった。すぐにオリバーに追いつかれてしまった。

『わっ、オリバー、早い』

「聖獣姿の時なら無理だけど、子犬の時ならリーフェには負けないよ」

足が速いオリバーは、リーフェと並走できる速度を保ちながら尋ねる。

「リーフェ、その怪我、自分で治せるの？」

『私、治癒能力はないから無理。でも時間がたてば勝手に治るもん』

「じゃあ、駄目だ」

『ひゃっ』

オリバーはそう言うと、リーフェを捕まえる。急に持ち上げられたリーフェは足をバタバタとさせた。オリバーは勢いを止められず、リーフェをかかえたまま、数メートル走り続けた。

『離してよう、オリバー』

「薬を塗った方が早く治るよ。リーフェが怪我していると、アイラも気が気じゃないだろうし」

『やだ！　アイラはお医者さんごっこがしたいだけだもん』

「そんなことないって」

ようやく足を止め、オリバーはリーフェを抱き直して、その背中をなだめるようになでる。アイラのもとに向かうと、すでに彼女の手には薬瓶が握られていた。

「はい、アイラ。連れてきたよ」

「さあ、リーフェ。少しの我慢ですよぅ。痛くないですからねー」

『嘘！　絶対しみるやつ！　やっ……いたぁぁぁい！』

薬を塗られた一瞬、リーフェは息を止め、その後叫び出した。暴れるので、押さえるオリバーもひと苦労だ。

『……ううう』

ひとしきり暴れた後は、尻尾をたらしてうなだれている。痛みはまだ続いているらしい。

「よしよし。これで治るよ！」

アイラににっこりと微笑まれ、リーフェはまだしょぼくれたまま、上目遣いでオリバーを見た。

『オリバー、下ろしてよう』

「痛くないなら。もう大丈夫？」

『平気』

下ろしてもらった際に、リーフェはオリバーの左肘にも擦り傷があるのに気づいた。

『アイラ。オリバーも怪我しているよ』

「えっ、これはもう大丈夫」

まさかの反撃だ。オリバーは焦って傷口を隠す。

「駄目よ！　見せて、見せて」

『オリバーもしみるの、つけてもらいなよ！』

急に元気を取り戻したリーフェに乗りかかられ、尻もちをついたオリバーは、仕方なくアイラの治療を受け入れる。

リーフェが嫌がるのも道理で、塗られた瞬間、背筋がぞわりとするような痛みが襲ってきた。尋常ではなくしみる薬だ。

「くー。しみる」

『おそろい！』

リーフェの声に、アイラが笑いだす。

（いたた。……でもまあ、アイラやリーフェが楽しそうならいいか）

涙目になりつつも、みんなが幸せそうにしているから、オリバーも笑ってしまう。

「まあまあ、今日もみんな仲良しですね」

ふたりと一匹が重なり合うように引っついて笑い合っているのを、シンディが眺めながら、微笑んでいた。

＊＊＊

オズボーン王国の一般的な子供は、三歳あるいは五歳から家庭教師による幼児教育を受け、七歳からは初等学校へ入学し、集団生活の中で学びだす。義務教育は十五歳までで、そこから三年間の高等教育と四年間の大学教育がある。

現在十歳のオリバーとアイラは、貴族の子供たちが多く通う、王立デルフィア初等学校に通っていた。

昼休み、オリバーとアイラは、友人四人と一緒に中庭でうずくまっていた。

「マーゴット、見つかった？」

「ううん。ない。……どうしよう。このまま、お母様が治らなかったら」

「大丈夫よ。泣かないで。それに、四つ葉のクローバーなんてただのジンクスよ。見つからないから治らないなんてことはないわ」

アイラの励ましに、マーゴット・ブラウニング侯爵《こうしゃく》令嬢は、青い顔のままうなずいた。

先日、彼女の母親である侯爵夫人が、肺の病気で倒れた。

屋敷で療養しているそうだが、落ち着くまでは面会謝絶だと言われ、マーゴットは毎日不安でたまらないらしい。

そんな時、読んでいた本で、四つ葉のクローバーが幸運のお守りになると知った彼女は、クローバーを探し、しおりに加工して母親に贈ろうと考えたのだ。

話を聞いたアイラは、一緒に探そうと提案した。

学校の中庭にクローバーの群生地があるのは前から知っていたし、大人数で探せば、すぐに見つかるだろうと思ったのだ。

もうひとりの友人エミリア・ファウラー伯爵《はくしゃく》令嬢を誘い、真剣な面持ちで四つ葉探しをしていたところに、オリバーと彼の友人であるレナルド・コンロン侯爵子息とエヴァン・イングラム公爵子息が通りかかった。

アイラは当然のように彼らを引き留め、一緒に探してもらうことにしたのである。

「これ、結構腰が痛くなるなぁ」

早々に弱音を吐くのはレナルドである。彼はいわゆるよくほえるタイプの男で、強気な態度のわりには文句が多い。

「レナルド様、もうちょっとがんばってよ。ほら、エヴァン様なんて文句も言わずに探してくれて……」

言いながら振り向いたアイラは、エヴァンがしゃがみ込んだまままうとうとしているのを見てしまった。

「もうっ、黙っているかと思えば、寝ていたの？」

「……うわっ。ああ、ごめん。お腹いっぱいになったら眠くなっちゃって」

エヴァンはのほほんと悪気なく微笑んだ。アイラはあきれて叫び出したいのをぐっとこらえる。

マーゴットは青い顔のまま、一心不乱に四つ葉を探している。彼女が本気で母親を心配しているのが痛いほど伝わってきて、アイラも胸が痛い。ここで険悪なムードをつくってしまっては、それこそ彼女の心労を増やすことになってしまう。

「おしゃべりしている間に探した方が早いと思うわ、アイラ様」

同じように思ったのか、エミリアがそう提案してくれた。

「そうね！　さすがエミリア」

アイラは同意し、再び目の前のクローバーに目をやった。

中庭には、飛び飛びにクローバーの群生地がある。これだけあるのだから、すぐに見つかるだろうと高《たか》を括《くく》っていたのが間違いだった。

探しても探しても、あるのは三つ葉ばかり。同じものを見すぎたせいか、だんだんと目がすべるようになってきた。エヴァンじゃないけれど眠くもなってくる。

（でも、マーゴットのために見つけてあげないと）

アイラの意気込み虚しく、予鈴が聞こえてくる。

「あ、予鈴だ！　みんな、もう行こうぜ」

レナルドがそう言って立ち上がると、エヴァンもうなずいてついていく。

「あ、待って、ふたりとも。アイラ様、マーゴット様、私たちも行きましょう。遅刻してしまうもの」

エミリアが時計を気にしながらそう言ったが、マーゴットはまだあきらめがたいのか、動かなかった。

「マーゴット、また後で探しに来ましょう？」

「アイラ様……」

「焦っても見つからないもの。放課後、またがんばりましょうよ」

「……ええ。ありがとう」

ようやく立ち上がったマーゴットの腕を引き、アイラは小走りに教室棟の方へと向かった。

しかし、アイラもそうだが令嬢たちの足は遅い。着く頃には本鈴は鳴ってしまっており、待ち構えていた教師が、苦い顔でアイラたちを見下ろした。

「アイラ様、マーゴット様、エミリア様、予鈴が聞こえなかったのですか？」

「聞こえておりました。申し訳ありません。急いだのですが間に合わなくて……」

アイラが代表して謝っていると、少しだけ呼吸を荒《あら》らげたオリバーが入ってくる。

「すみません。先生。遅れました」

「まあっ、オリバー様！　あなたまでなんですか！」

先生の刺すような厳しい視線が、オリバーの方を向く。

「王太子たるあなたには、みんなのお手本となってもらわねば困ります。だいたい……いいえ、いいです。全員お座りなさい」

王太子という立場のオリバーに、それ以上強く出ることもできないのだろう。教師は怒りをぶつけることをあきらめた。

マーゴットとエミリアは、目を見合わせながらホッとため息をつき、先に戻っていたレナルドとエヴァンは、なにをやっているんだという顔で、オリバーを見ている。

椅子に腰かけながら、アイラは思う。

（オリバーはクラスで一番足が速いのに。私たちを追い抜けないわけがないわ）

ふたりとも王の子とはいえ、やはり王太子であるオリバーの方が教師からすれば特別だ。オリバーが最後なら、教師は矛を収めるより方法がない。それがわかっていて、オリバーはわざと、最後に入ってきてくれたのだろう。

アイラはオリバーに目配せし、ありがとうの意を込めて手を振る。彼は、驚いたような、困ったような顔で笑うだけだ。

（ふふっ。相変わらず照れ屋さん！）

アイラはオリバーのさりげない優しさが大好きだ。ニマニマしてしまう顔を誰にも見られないよう、教科書を顔の前に広げた。

＊　＊　＊

授業がすべて終わると、アイラたちは三人そろって再び中庭へと向かった。

「今度こそ見つけましょうね！」

アイラが、マーゴットの背中を支えるように手を添えて、励ましている。

遠巻きに眺めていたオリバーは、いつもにこやかな笑顔でみんなを気遣えるアイラを、純粋にすごいと思っていた。

アイラはいつも友人に囲まれている。もともと社交的な気質なのだ。

それに対し、オリバーは話すことが苦手だ。会話は途切れがちだし、沈黙が続くと悪いことをしたような気持ちになって落ち着かない。

幼少期から、常におしゃべりしているアイラと共にいたせいか、自分が話さなくとも、物事は進んでいった。アイラが会話をつないでくれるからと楽をしてきたツケが、今になって回ってきているのだ。

学校に入学し、それぞれに友人ができるようになると、学校では別行動することが多くなった。なんとなくだが、男子は男子、女子は女子でいることが多いし、男女別の授業もある。

そんなときに思い知るのが、いかに自分が口下手かということだ。王太子であるオリバーはクラスの代表を任されることも多いのだが、必要事項だけを伝えて終わってしまうことがほとんどだ。

クラスでなにかの課題について話し合うときも、もっとみんなに話を振って、多くの意見を聞くようにしなければとは思っているのだが、それが思うようにできない。

「……あ、そうだ」

オリバーは時計を確認する。

貴族子女が多く通うこの学校には、帰宅時間には迎えの馬車が大勢やって来る。だいたいは家の階級順に並ぶことが多く、オリバーやアイラの迎えはたいてい一番に門の前に来る。

学園内には馬車の待機場所があり、早く着いた馬車はその場で待っているはずだ。

(先に伝えておかないと)

オリバーが馬車の待機場所に行くと、案の定、王家の馬車はもう来て待っていた。

「オリバー様、もうお帰りで?」

「ううん。逆。ちょっと用事があって遅くなるから、僕たちが来るまで、ここで待っていて」

「かしこまりました!」

御者に言づけをした後は、そのまま門の方へと向かう。

「あ、オリバー様！　帰らないの？」

元気に手を振ってくるのはレナルドだ。

「うん。まだちょっとやることがあるから」

「そうなんだ。この後、うちでエヴァンと一緒に課題をやることになったんだけど、オリバー様も来ない？」

「ごめん。剣術の時間もあるからちょっと無理かな」

「ちぇ、残念」

言っているうちにエヴァンの家の馬車が来た。

「じゃあ、一度家に帰ってからまた行くよ、レナルド」

「ああ。またな」

「オリバー様も、また明日」

「うん」

エヴァンが馬車に乗り込むと、すぐうしろからレナルドの家の馬車が入ってくる。

「じゃあ俺も行こう。オリバー様、またね！」

「じゃあね。レナルド」

ふたりを見送って、オリバーはひそかにため息をつく。

エヴァンは王家の親戚筋で、オスニエルの従弟の子だ。そのため学校に入学するまでは、オリバーとよく顔を合わせていた。

しかし今や、仲がいいのはレナルドの方だ。

レナルドは気さくな性格で、身分を気にせず接してくれる。エヴァンとレナルドはすぐに意気投合し、今や名前で呼び合うような関係だ。オリバーも普通に仲はいいが、彼らがオリバーを敬称抜きで呼ぶことはない。

とはいえ、ふたりはオリバーを仲間外れにするわけではない。学校にいるときはたいてい一緒にいるし、休日には一緒に遊んだりもする。ただ、オリバーとふたりとの間には、明確に引かれている一線があるような気がして、少しばかり気後《きおく》れしてしまうのだ。

オリバーは、自分が本当に他人から好かれているのか、自信が持てずにいる。

自分の周囲に人が集まってくるのは、王太子という立場のせいかもしれないし、アイラが隣にいるからかもしれない。そうでなければ、社交的でない自分のそばにいて、楽しいはずがないと思ってしまうのだ。

その後、ブラウニング侯爵家とファウラー伯爵家の馬車に、令嬢たちは少し遅れてくるという旨を伝え、その場から離れる。

戻りがてら、オリバーはポケットに忍ばせた石をぎゅっと握る。

石拾いは、オリバーの数少ない趣味のひとつだ。今よりもっと子供の頃から、ドルフの背に乗って国の至るところに連れていってもらった。行った先で、気持ちを引きつけられる石を見つけては持って帰ってくる。

今みたいに、誰が悪いわけでもないのに気分がもやもやする時は、石を握っていると、気持ちが落ち着いてくるのだ。

(さて、三人は四つ葉のクローバーを見つけられたかな)

中庭に向かおうと足を向けた途中で、ふと、引っ張られたような感覚がした。オリバーは、その感覚に逆らわず、校舎の裏側へと向かった。中庭にも点在しているように、そこにもクローバーの群生地がある。

(呼ばれた感じがしたってことは……)

膝をついて目を凝らし、クローバーの葉の数を確認していく。五分ほどして、ようやく四つ葉を見つけ出した。

オリバーは生まれつき勘の鋭いところがあり、探しものを見つけるのは得意だ。

「よかった。これで、マーゴットも落ち着くかな」

オリバーは、中庭でまだ必死に探している彼女たちに、そっと近づく。

「あ、オリバー」

アイラが最初に気づき、手を振ってきた。オリバーは手の中に四つ葉のクローバーを隠したまま近づき、一緒に探すふりをし始める。

「ね、これじゃない？」

こっそりとその四つ葉を群生している三つ葉に交ぜ、彼女たちが覗き込んできた瞬間に、引き抜いた風を装って手に取る。

「わあ、本当だ」

マーゴットの顔が、ぱっと晴れ渡った。先日からずっと暗い顔をしていたからか、彼女のほころんだ口もとを見るだけで、オリバーも少し気分が明るくなる。

「はい」

「……ありがとう！　オリバー様」

マーゴットは手のひらにのせられた四つ葉のクローバーを、涙目になって見つめていた。

「たまたま目についただけだよ。よかったね。みんな、そろそろ帰ろう」

「そうね。あ！　馬車を待たせているんだったわ」

エミリアが思い出したように、慌てて立ち上がった。

「さっき校門を通ったから、少し遅れますって言っておいたよ」

「よかった。ありがとうございます、オリバー様」

エミリアがホッと胸をなで下ろし、「帰りましょう」と鞄を手に取った。

エミリアとマーゴットが校門に向かううしろ姿を眺めながら歩いていると、アイラが隣に立って意味ありげに微笑む。

「ありがと、オリバー、どこで見つけてきたの?」

「……校舎裏。余計なこと言わなくていいよ」

「わかってるって」

内緒にしているつもりでも、いつもアイラにはバレてしまう。オリバーの気持ちをくみ取って黙っていてはくれるが、オリバーはなんとなく気恥ずかしい。

(アイラにはかなわないなぁ……)

感情表現が豊かで、誰とでも臆せず話し、みんなに好かれるアイラが、うらやましくないと言ったら嘘になる。

オリバーは、そんなことを思ってしまう自分に、少し嫌気がさしていた。

国を支えるということ

オスニエルの治世になり幹線道路が国の東西を横断するようになると、王都は流行の中心地となり、様々な物品が行き交うようになった。

それは国内だけにとどまらず、近隣諸国をも巻き込み、オズボーン王国は、経済的に大きな飛躍を遂げたのだ。

道が整えば、次に求められるのは輸送の速さだ。

オスニエルはここ五年の間、より早い輸送方法を編み出すために、研究施設への投資をおこなっていた。馬車よりも速く大量に物を輸送するためのアイデア、新しい動力の開発。有識者や若者、多くを巻き込んで議論させた結果、石炭を用い、莫大な熱エネルギーを発生させて動力とする蒸気機関が考案された。

やがて、もともと鉱山などで使われていた手漕《てこ》ぎトロッコを組み合わせ、石炭を燃焼させて走る蒸気機関車が開発されたのだ。

それを受け、オズボーン王国では、現在線路の敷設工事がおこなわれている。

今は石炭と鉄はいくらあってもいい。炭鉱や鉄鉱石の採掘場を開くために、国は積極的に補助金を出していった。

本日、オスニエルは、国内随一の規模を誇る製鉄所を視察している。

国内各地で採られた鉄鉱石が、この製鉄所に持ち込まれ、精錬されて鉄になるのだ。

「どうだ。調子は」

「いいですよ。以前に比べて格段に鉄鉱石の量も増えましたしね。そうそう、あそこ……ええと、ベンソン伯爵の土地からとれた鉄鉱石は、とくに純度が高かったです」

職人は、溶鉱炉を眺めながらうれしそうに言う。製鉄所内は暑く、額にはうっすら汗が浮いていた。

「そうなのか。半年前に補助金で開いたばかりの鉱山だが、期待できそうだな」

オスニエルは口もとを緩める。

「列車をつくることもだが、この広大な土地に線路を敷くだけでも大事業だ。鉄はいくらあっても足りない」

「そうですね」

側近のロジャーが相づちを打ちながら、メモを取っている。

今、線路が敷かれているのは、昔からある北方地区の鉱山とこの製鉄所の区間、そして製鉄所から王都までの区間だ。

前者は、鉄鉱石を一度に大量に運び、必要な鉄を速やかに取り出すため。後者は、製鉄所で働く人員を確保し、精錬された鉄を加工業者のもとへ輸送するためだ。

今はこれだけだが、いずれは主要な街同士をつないでいきたいとオスニエルは考えている。

「鉄道事業がうまくいけば、この国はもっと栄える」

力強く語るオスニエルを、ロジャーは頼もしく見つめていた。

「しかし、本当に速いな、列車は」

オスニエルは本日の視察のため、朝から職人に交じって列車に乗った。そして、その仕事ぶりを確認したり、今後の計画などを話し合ったりして一日を過ごし、仕事終わりの職人たちに合わせて、王都に戻ってきたのだ。

馬で一日かかる距離が、鉄道を使えば一時間程度。これまでなら三日かかっていた視察もわずか一日だ。鉄道が日常的に使えるようになれば、どれほどの経済効果があるだろう。

オスニエルが王城に戻ったときには日が落ちていた。撤収モードに入っている騎士団を横目で眺めながら廊下を歩いていると、正面から、騎士団長がオスニエルを見つけて駆け寄ってくる。

「陛下、ちょっとよろしいでしょうか」

「いいぞ。なんだ?」

「オリバー様のことで」

騎士団長の気まずそうな声に、オスニエルはしばし考え、騎士団長に執務室へ来るように言った。

「私は、今日の視察結果をまとめてまいります」

ロジャーが気を使って別室に移ったため、執務室にはオスニエルと騎士団長のふたりきりとなる。

「オリバーがどうかしたか?　けいこ中問題でもあったか?」

騎士団長には、オリバーの剣術のけいこを頼んでいる。

というのも、オリバーは幼少期から運動神経がよかったため、学校で習う剣技だけでは、物足りないのではないかと感じたからだ。

学校から帰って一時間程度ではあるが、騎士団長から直接指導を受けられるというのは、彼にとっても気の引き締まることのようで、訓練には積極的だったはずだ。

「オリバー様は、さすが陛下のご子息。反射神経もよく、体力も申し分ありません。なによりも、その動きの速さは、私でも置いていかれることがあります」

「おべんちゃらはいい。なにか気になることがあるから言いに来たのだろう?」

オスニエルにはっきり言われ、騎士団長は苦笑する。

「そうですね。……気が優しすぎることが気になります」

「……どういう意味だ?」

「とどめを刺せないのですよ。相手が倒れ込んだところで、剣を止めてしまうのです。使っているのは訓練用のなまくらの剣です。鎧《よろい》の上からであれば怪我をさせることはないと伝えてもありますが、それでも躊躇《ちゅうちょ》なさるようです。……もちろん、練習ですから、本当に打ち込まなくてもかまいません。ですが、ここがもし戦場だったらと思えば、気にはなります。いざという時に、オリバー様はとどめを刺せないのではないかと」

「危ないな」

オスニエルは、戦場で生きるか死ぬかという状況を何度もくぐり抜けてきた。一瞬の判断の迷いが、命取りになることは肌でわかっている。

「冷徹になれ、とも言いづらいが、自分のことは大事にしてもらわねば困る。オリバーの代わりはいないのだから」

　オスニエルの断言に、騎士団長は少しだけ緊張したように告げる。

「フィオナ様のお腹のお子は……」

　男であればスペアになると言いたいのだろうか。オスニエルがぎろりと睨むと、騎士団長は失言を悟って背筋を伸ばした。

「男でも女でも、第三子には第三子の役割がある。オリバーの代わりにはならない」

「はっ、失言でした！」

「まあ、オリバーには俺から話してみる」

「よろしくお願いいたします」

　騎士団長に下がるように言い、オスニエルは口もとを押さえてため息をついた。

（優しさが仇になる……こともあるからな……）

　親になると、いろいろなことが心配になるものだ。オスニエルはなんとなく重く感じる肩を、回してほぐした。

　書類を眺めていたオスニエルは、ふと時計を見て我に返った。

「いかん、もうこんな時間だ。今日はこのへんにしよう」

「はい。お疲れさまでした。オスニエル様」

ロジャーが、資料を両手にかかえたまま、にこやかに言う。

夜はすっかり更けている。うっかり時間を忘れてしまった自分に、オスニエルは苦笑した。

そもそも、執務自体は数時間前に終わっていたのだ。

使用人たちを遅くまで働かせるのはよくないとフィオナに言われて、考えを改めたオスニエルは、最近は執務が終わらなくとも、食事と入浴は決まった時間に済ますことにしている。

だから否が応でも、執務はそこでひと区切りつけているのだ。

そんなわけで、今日もすでに食事も入浴も済ませていた。しかし、どうにも気になるところがあり、湯殿から後宮に戻る前に資料を確認しようと執務室に戻ると、ロジャーがまだ仕事をしていて、ついつい話し込んで今になったのである。

窓の外はすっかり暗闇で、見張りの近衛騎士たちが持っているのであろうランプの明かりが、光を放つ虫のように動いていた。

「……お前もほどほどにして帰れよ。いつも俺が後宮に戻ってからもずっと仕事しているだろう」

「え？　いやあ、屋敷に戻ってもとくにやることがないので」

「早く奥方をもらえと言っているだろう。あんなに結婚したがっていたくせに、いざ爵位《しゃくい》を与えたら、急にその気がなくなったのはどういうことだ」

「まあ、いろいろあるのですよ。私にも」

ロジャーには、五年前に子爵位《ししゃく》を与えた。そのため、彼の正式な名前は、ロジャー・タウンゼント＝エーメリー子爵となる。生まれながらではなく、功績によって与えられる爵位の中では、決して低いものではない。

これで働きすぎの側近をねぎらってやろうと思ったのに、ロジャーは爵位をありがたく受け取ったものの、その後の縁談はなんだかんだと理由をつけて断って、いまだに独身である。

笑顔でごまかそうとするロジャーに不満を覚えつつも、不意にあくびが出てしまい、オスニエルは自分が疲れていることを自覚する。

「まあいい。これ以上話していたらもっと遅くなりそうだ。……無理はするな。それだけだ」

オスニエルは立ち上がり、扉のところまで向かってから、もう一度振り向いた。

「もし、意中の令嬢がいるなら言え。俺の後押しがあるのとないのでは、相手の親の心証が違う」

「はいはい。ありがとうございます。オスニエル様にそこまで言っていただけるなんてこのロジャー、涙が出そうで――」

オスニエルは最後まで聞かず、扉を閉めた。調子のいい返事をしているときのロジャーは、オスニエルに頼る気がまったくないということがわかっているからだ。

（まったく、こちらは本気で心配しているというのに）

ため息をつきつつ、オスニエルは後宮へと向かった。


後宮の廊下を歩いていると、フィオナが大きくなったお腹を両手で支えながら、迎えに出てきた。

「おかえりなさい。オスニエル様」

「どうした？　フィオナ」

「お伝えしたいことがあって、待っていたのです」

彼女はオスニエルの隣に寄り添うと、うれしそうに見上げてきた。

「今日はお医者様に診ていただいたのですよ。順調だそうです」

「そうか。それはよかった。ここは寒い、部屋に戻ろう」

オスニエルはフィオナの肩を抱き、そろって寝室へと向かう。

中に入ると、いつもフィオナのそばに引っついているはずの銀色の聖獣の姿がなかった。

「……ドルフは？」

「今日はオリバーと寝るそうですよ」

フィオナはあっけらかんと答えた。

「たまにそういう日があるな」

「あの子は昔からドルフに懐いていますからね」

フィオナにしても、少しずつ親の手を離れていく子供たちに、信頼のおける存在がいることは安心材料のひとつだ。

「まあたまにはこういう日もいい」

オスニエルはフィオナに顔を近づけ、キスをする。

お腹でつかえて、強く抱きしめることができないのがもどかしい。長年夫婦でいれば、キスの感覚で彼女にその気があるかもわかるものだが、妊娠後期に入ってからは気持ちがあってもお預け状態だ。

平たく言うと、オスニエルもたまっている状態なのだ。

「ん……」

フィオナから甘い声が漏れたと同時に、彼女は体をビクリと震わせる。

「どうした？」

「お腹、蹴られました」

フィオナが苦笑する。腹の子からの警告だろうかと、オスニエルも若干バツが悪くなる。

「そろそろやめよう。俺が止められなくなる」

「……そ、そうですね。あ、お茶を入れてきます」

フィオナは恥ずかしそうにしながら、ゆっくりと立ち上がった。

フィオナの入れてくれたお茶を飲みながら、オスニエルはひと息つく。

「なあ、オリバーのことで少し気になることがあるんだが」

「どうしたのですか？」

フィオナを隣に座らせ、腰を引き寄せながら、オスニエルは騎士団長から告げられた内容を簡単にまとめてフィオナにも伝えた。

「優しすぎる……と？」

「ああ。戦場では一瞬の躊躇が命取りになる。俺もそういう意味では心配だ」

フィオナはしばらく黙り込んで考えていた。やがて考えがまとまったのか、お腹をさすりながら、「でも……」と続ける。

「その優しさこそが、あの子の強みじゃないでしょうか」

「なに？」

オスニエルは意外に思って聞き返す。てっきり、フィオナも自分と同じ意見だろうと思っていたのだ。

「あの子はあなたのように、強い意志で皆を牽引《けんいん》するような、強い王にはなれないでしょう。でも、誰よりも周りに気を配り、陰ながら人を守ろうとする優しい子です。その気質は、王に向かないものではないと、私は思っています」

「それは……そうだが。だが王には強さが……」

オスニエルの言葉を、フィオナの指が止める。唇に人さし指を押しあてられて、オスニエルはドキリとして黙った。

「それはあなたが戦争のあった時代の王太子であったからそう思うのです。オリバーは、エリオットに似ていると思いませんか？　子供の頃のエリオットはオリバーよりずっと弱く見えました。優しい子でしたけれど、泣き虫で、将来を心配したものです。

でも今は、立派に王太子としての役目を果たしているでしょう」

フィオナの弟のエリオットは、現在二十七歳だ。六年前に国内の有力貴族の娘と結婚し、今や二児の父である。まだ父が現役で、彼は王太子という立場だが、他国間との貿易交渉などには積極的に顔を出している。やわらかな物腰で相手を煙に巻きながら、うまく自分たちの利益は確保しているなど、侮れないところがある。

「エリオットが今後王位を継承することに、不安は感じられません」

「まあな。エリオット殿は聖獣の加護もあるしな」

「あの子もあるじゃありませんか」

「リーフェだぞ……？」

オスニエルが不安そうにつぶやく。リーフェが聞いたらぷんぷん怒りだすだろう。

「あの子に、国民を愛する心があれば、きっと大丈夫です。優しい王が賢王と言われる時代もあるでしょう？　そうあれるように、私たちが土台を整えてあげればいいのですよ」

目から鱗《うろこ》が落ちたような衝撃を、オスニエルは受けた。

フィオナはいつもそうだ。さらりと、オスニエルの考えを覆すようなことを言う。

「なるほど。そういう時代を、俺がつくればいいのか」

「他国と渡り合っていくのに、今必要なのは、武力よりは平和な世界を維持する外交力や経済力です。あなたはそのために、毎日遅くまでがんばっていらっしゃるのでしょう?」

「そうだな」

オスニエルはフィオナの隣に座り、つむじにキスをする。

「駄目ですよ」

「わかっている。キスだけだ」

目もとに、頬に、唇に。胸に湧き上がる愛おしさの分だけと思うと、キスをやめるタイミングがなくなる。

「ん、んー!」

ついに呼吸が苦しくなったフィオナが、腕の中で暴れる。

「もうっ。あんまりされると甘えたくなってしまうのでやめてください」

「はは」

オスニエルは笑うと、彼女の膨らんだお腹を、優しくなでる。

「早く元気に生まれてこい。父様は母様不足に耐えられなくなってきた」

「まだひと月は先ですよ」

フィオナに怒られながらも、オスニエルは、先ほどまであった不安な気持ちが、消えているのがわかった。

自分の妻は、誰よりも強いのだと、こんな時に実感するのだ。

＊＊＊

アイラへのもやもやした気持ちをかかえたまま、眠れずにベッドでゴロゴロしていたオリバーのもとへ、ドルフが突然やって来た。

「ドルフ？」

『今日はお前と寝る』

オリバーの口もとが自然に緩む。すぐにベッドの隣を空け、「うん」とドルフを迎え入れた。

昔から、オリバーが落ち着かない気分の時は、ドルフがなにも言わずとも察知して、こんなふうにそばに来てくれる。おかげでオリバーはこれまであまり苛立ちを持てあますことがなかったのだ。

明かりを消し、しばらくは眠るための努力をしてみる。しかし、なかなか眠気は訪れず、オリバーはベッドの上で寝返りを打った。子犬姿で隣に寝転んでいるドルフに、腕があたってしまい、慌てて引っ込める。

「ごめん、ドルフ」

『眠れないようだな』

「うーん」

ドルフを腕にすっぽり抱きしめ、オリバーは尋ねた。

「ねぇ。ドルフはどうして母上に加護を与えたの？」

フィオナの母国、ブライト王国は聖獣に守られた国だ。聖獣の存在が信じられていないオズボーン王国と違い、ブライト王国には多くの聖獣が住んでいて、十三歳の誕生日を迎えた王家の子供は加護を得る儀式のためルングレン山にある祠《ほこら》に入る。そこに来た子供を聖獣たちが検分し、そのうちの誰かが気に入った場合のみ、その子に加護を与えるのだ。

それを聞いたオリバーは、なぜドルフほど力のある聖獣が、女性であるフィオナを選んだのか、純粋に疑問だった。

『大した理由などない。フィオナを気に入ったからだな。ペットにしてやろうと思って』

「ペット？　なにそれ。ドルフが母上のペットなんじゃないの？」

『お前にはまだ難しいかもしれないが、俺はフィオナをペットとしてかわいがっているんだ。ペットの身を守ってやるのは、飼い主としてあたり前の義務だろう？』

「僕、よくわからないよ」

かわいらしい子犬姿で、とんでもないことを説明するドルフがおかしくて、オリバーは笑ってしまう。

でも、ペットでもなんでも、ドルフのような強い存在に守られているフィオナのことはうらやましかった。

「いいなぁ。母上」

『お前にも、リーフェがちゃんと加護を与えているだろう』

「でも、リーフェはアイラの方が好きだから」

オリバーのつぶやきに、ドルフは片眉を上げる。

『リーフェにどっちが好きっていう感覚はなさそうだけどな。あいつは俺たちが思うよりずっと、なにも考えていないぞ』

「でもさ、アイラとの方が、仲がいいし」

今日はアイラがリーフェをブラッシングしたいと言って、散々なで回したのち、

『一緒に寝よう！』と言ってさっさと部屋に連れていってしまった。『アイラ、寝言がうるさいんだよなぁ』と嫌そうな声を出しつつも、リーフェもあっさりとついていったのだから、まんざらでもないのだろう。

思い返せば、双子の部屋が分かれてから、リーフェとオリバーは一緒に寝たことはない。

それに、最強だというドルフでさえ、フィオナひとりにしか加護を与えていないのだ。リーフェがアイラと自分、ふたりの面倒を見るのは、難しいに決まっている。そして、手いっぱいになったとき、リーフェが助けるのは、アイラの方だろうと、オリバーは思っている。

オリバーには、フィオナとドルフの間にあるような絆《きずな》が、自分とリーフェの間にあるとは、どうしても思えない。

（ドルフが僕の聖獣だったらよかったのに……）

口には出せない願いが、ぽんと浮かび上がってくる。途端にフィオナの顔を思い出し、オリバーは申し訳ない気がしてきて、ますます眠れなくなる。

再び寝返りを打ったオリバーを見かねたドルフが、立ち上がる。

『そんなに眠れないなら、散歩にでも行くか』

オリバーは勢いよく起き上がる。

「行く！」

『お前は昔から夜の散歩が好きだな。どれ、じゃあ今日は南の方に行ってみるか』

ドルフは聖獣姿になると、オリバーの上着を口にくわえた。

『ちゃんと着ろよ』

「うん」

準備万端整えたオリバーが銀色の背中にしがみつくと、ドルフは一気に月が輝く空へと駆け上がった。

下を見れば、すでに王城が小さく見え、空は満天の星がきらめいている。

「わあ。星がすごい」

空を飛んでいると、頭の中をぐるぐるしていた悩みが、一瞬で霧散していく。

（小さな明かりの一つひとつが家なんだよなぁ。王都にはたくさんの人が住んでいるんだ）

それを守っているのがオスニエルだ。オリバーは少し誇らしいような気持ちになり、空から見える王都の街並みを愛おしく眺めた。

オリバーとドルフが訪れたのは、南の土地だ。

「初めて来たところだね」

『そうだな。王都からはかなり離れている。馬なら、移動に三日ほどかかるだろうな』

月明かりのおかげで、思ったよりも視野は広い。

遠くに見える高い山は木々で覆われているが、ひとりと一匹が降りた場所は、山が切り開かれ、岩肌が露出していた。平らにならされた広い土地に大きな丸い穴があいている。壁面は階段状になっていて、下まで下りられるようだ。

（まるで円形の闘技場みたいだ）

「ドルフ、下りてみてもいい？」

『待て。危ないから一緒に行こう』

ドルフが再びオリバーを乗せ、丸い穴の底まで下りてきた。穴の上にいたときよりは暗いが、一応、あたりは見渡せる。

『見えるか？』

「うん。思ったより広いね」

壁面に一ヵ所大きな横穴があけられている。奥は暗くて見えないが、ずっと続いていそうだった。奥に向かって線路が敷かれていて、昼間の仕事を終えたと思われるトロッコが見える。

「ここ、鉱山？　採掘場……なのかな？」

『そのようだな』

「ここで採れる鉱物はなに？」

『さあな。よくわからんが鉄鉱石じゃないのか？　オスニエルは、いくら鉄があっても足りないと言っていたぞ』

「ふうん」

そういえば、オリバーも聞いた気がする。国内の各地に鉄道を通す目的があり、その原材料確保のために、たくさんの鉱山を開いているのだと。

「大事な場所ってことだね」

オリバーは納得し、再びドルフに乗せてもらい、穴の上まで戻ってきた。

昼間はきっと、掘削の大きな音が響いているのだろうが、今は静かなものだ。

オリバーは周囲を歩き回りながら、時折、地面を触って好みの石がないかを探す。

感覚の問題なので説明するのは難しいが、こうして触っていくと、自分と波長の合う石がたまにあるのだ。小さな頃からずっと、オリバーは定期的にドルフに連れ出してもらい、そんな石を見つけては、宝物にしてきた。

「……あ」

土に半分埋もれていた乳白色の石を、オリバーは手に取った。見た目よりもずっと軽く、先が尖《とが》っていて滴《しずく》に近い形をしている。

「これだ」

手に取ると、ほのかに力が伝わってくる。オリバーは満足して、それをポケットに入れた。

「ドルフ、ここは誰の領地？」

『誰のだろうな。鉄鉱石の採掘もやっているってことは、ベンソン伯爵じゃないか？』

「ベンソン伯爵……」

オリバーは、記憶をたどる。城には多くの貴族の出入りがあるし、オリバーは政務に参加しているわけではないので、誰がどの仕事を担当しているかなどはわからない。それでも、オリバーなりに貴族名鑑に目を通して、出入りのある貴族の顔と名前くらいは覚えようとしていた。

が、ベンソン伯爵の姿が思い出せない。

「思い出せないな。あまり父上とは仲がよくない方かな」

『そうかもな。俺も姿はよく知らん。さ、拾えたのならそろそろ帰るぞ』

「うん」

オリバーはドルフにしがみつき、飛び上がった際に再び地上を眺める。

民家のあるあたりが、ほのかに光っている。オリバーはこの夜の景色が好きだ。今もこの闇の中、誰かがその明かりを守るために一生懸命生きている。

そういうことを想像すると、とても温かな気持ちになる。自分は王太子で、そんな明かりを守れるようにならなくてはいけないのだと、自信をなくしがちなオリバーは励まされたような気持ちになるのだ。

「……あれ?」

心なしか速度がゆっくりになった気がして、オリバーはドルフを見る。

ドルフは目が合うか合わないかというタイミングで、ふいとそっぽを向いた。

(もしかして、僕が景色を見ていたから?)

ドルフのさりげない気づかいに、オリバーは自然と頬が緩んでしまう。

「ドルフ、いい夜だね」

『……そうだな』

オリバーはドルフの背中にぎゅっと抱きつく。甘えさせてくれる存在がいることがとてもうれしかった。

地盤沈下と小さな聖獣

朝食を終えたベンソン伯爵は、書斎でひとり焦っていた。

オズボーン王国では現在、鉄鉱石と石炭の需要が高い。各地で、地質調査と称して、火薬を使って岩盤を爆破し、鉱脈をあきらかにする調査がおこなわれている。鉄または石炭を含む土壌だと確認されれば、国から採掘のための補助金が支払われるのだ。

ベンソン伯爵も地質調査をおこない、鉄の含まれた地層を発見した。

鉄は赤土に含まれることが多いのだが、ベンソン伯爵領で見つかったものは、黒っぽい固い岩石だった。鉄の含有量が、ほかの地方で採れる鉄鉱石よりも多かったので、彼は期待に胸を躍らせた。

オスニエルに報告すると、すぐさま採掘場を整備するための補助金が下り、とんとん拍子で採掘場が完成したのだ。

しかし、採掘を始めて半年もすると問題が起こった。

当初順調に採れていた鉄鉱石が、ここ半月ほど、ぱたりと採れなくなってしまったのだ。

これでは採掘のためにおこなった投資分の回収もできないと、躍起になって採掘を続けているが、ただやみくもに掘り進めるだけなので、成果は出ていなかった。

「ええい。いったいどうしたというのだ。あんなに多くの鉄鉱石が採れていたのに……うわっ」

突然、地面が振動した。窓ガラスがカタカタと鳴り、天井のシャンデリアが揺れる。しかし、物が倒れるほど強い揺れではなく、ベンソン伯爵は床に手をつき、揺れが収まるのをしばらく待った。

「また、地震か……」

オズボーン王国は大陸の中心部にあるため、地震は少ない。ただ、国内のみで比べると、ベンソン伯爵領で起こる地震の数は、ほかの領地よりも多い。それでも、平均して月に一度程度だったのだが、ここのところ、格段に増えている。

「不吉なことが起こらなければいいが……」

そうつぶやいた途端に、先ほどよりも大きな揺れが襲ってきた。

揺れは一分とかからず収まったが、遠くの方でなにかが崩れたような音がした。

ベンソン伯爵は、屋敷内に異常がないか確認したのち、私兵に鉱山周辺を見回るように伝える。

一時間して戻ってきた兵士の報告は、眉をひそめるようなものだった。

「地盤沈下だと？」

「ええ。作業員が寝泊まりしている宿舎を中心とした一帯が、やや傾いているようです。それと、鉱山内に一部亀裂が入り、そこから水が漏れだしています」

地層には水はけのいい層と悪い層があり、悪い層の上に水の流れる地下水脈ができあがる。そこにぶちあたってしまうと、大量の水が坑道内にあふれ出し、採掘ができなくなる。それでも作業を続けようと思えば、水を取り出すためのポンプ設備を導入せねばならず、またお金がかかる。

「現在、作業員は、亀裂を埋める作業をおこなっています。そう大きくはなく、水は今日中に止められると思いますが、……採掘により、地盤が緩くなってしまったのではないでしょうか。最近は鉄鉱石も採れなくなってきましたし、このまま、閉山した方がいいのでは……」

「くっ……」

しかし、今止めてしまえば、つぎ込んだ資金の回収ができない。

多くの利益が出ることを見越し、ベンソン伯爵は私財を多く投入していた。報告兵の意見を簡単に聞き入れるわけにはいかない。

「いいや。地盤沈下の件だけ報告しよう。あれだけ質のいい鉄鉱石が採れたのだ。絶対に我が領土にはまだ大量の鉄鉱石が眠っているはずだ」

「はっ」

ベンソン伯爵は、急ぎ報告書をまとめさせ、王都へと送った。

＊＊＊

王立デルフィア初等学校では、ひと月後に合唱祭が開かれる。これは開校当初からおこなわれてきた歴史のある行事で、王妃をはじめとした一部の王族が視察に来ることで有名だ。

各学年、男女ひとりずつしかないソロパートに抜擢されることは、どの生徒にとっても名誉なことだった。

「う、ふふふっ、ふーん」

まるでステップを踏んでいるかのような足取りのアイラを、マーゴットとエミリアが微笑ましく眺める。

「ふふ。ご機嫌ね。アイラ様」

「そりゃそうよね。念願のソロパートですもの」

先ほど、合唱祭のソロパートの担当を決める歌の試験があったのだ。そしてアイラは、念願のソロパートに選ばれ、クラス全員の前で褒められたのである。

音楽室から教室に戻るまでの間にひと言かけようというクラスメイトで、アイラの周囲には人だかりができている。

「俺、音楽はよくわからないけど、アイラ様の声は好きだな」

レナルドがそう言うと、エミリアもうなずく。

「あの透き通った声は、ほかの人には出せないわよね」

「うん。僕、正直気が引けちゃうよ」

男子のソロパートに選ばれたエヴァンが恐縮しきっているのを見て、アイラは笑いかけた。

「エヴァンの声も綺麗よ。ロングブレスで途切れず歌いきれるのはすごいと思う！」

「アイラ様もでしょう？　うちの学年で一番上手な人に言われてもうれしくないなぁ」

「えへへ、照れちゃうよう。でも楽しみ。合唱祭では父様も見てくれるし」

「えー、陛下が来るの？」

アイラの声に、クラスメイトたちがさらに集まってくる。

「うん。母様は今妊娠中だから、公務は控えているの。だから代わりに父様が来るっておっしゃっていたのよ！」

「そうなのですね。楽しみだわ、陛下、とっても格好いいのですもの」

「オスニエル様が国王っていうだけで、私、この国に生まれてよかったたって思っています……！」

女子の声がかしましく響いてくる。オリバーは少し離れたところを歩きながら、その様子を見ていた。

（すごいなぁ。アイラの周りにはいつも人がいる）

アイラはいつもニコニコしている。父親似の美人で、性格は快活。はきはきと話す姿は誰からも好印象を持たれるし、それでいて偉ぶったところはないので、みんな話しかけやすいのだ。

（アイラがみんなに好かれるのはわかる。僕も好きだし。ただそれに比べて僕は……）

アイラの周りがにぎやかなぶん、オリバーはふとした瞬間に、ひとり離れた場所にいる自分に気づいて落ち込んでしまう。

（自分が嫌われていないことはわかっている。でも、それは好かれていることと同じじゃない。だって僕の周りにいるとき、みんなはあんなふうに笑わないし……）

オリバーは置き去りにされたような気分で、アイラの周りの人だかりを眺める。

国王である父の周りにも、いつもたくさんの人がいる。きっぱりと自分の意見を述べ、強いけん引力を持って国を支える理想の王、それがオスニエルだ。

オズボーン王国は基本的に男系長子が王位継承者となる。オリバーが王太子なのは、慣例に基づいて決まったことだ。だが、資質的にはアイラの方が向いているのではないかと、オリバーは思ってしまうのだ。

（そうじゃなくとも、母上のお腹の子が男の子だったら。僕よりもはきはきとした、王の器にふさわしい子が生まれてくるかもしれない……）

漠然とした不安が、いつもオリバーの心の内にはある。

自分が王太子と呼ばれて、本当にいいのだろうか。その器であると周囲が思ってくれているのだろうか。

そもそも自分は、この国をどうしていきたいのだろう。長男だから継ぐという受動的な理由でやっていけるほど、国王という立場は甘くはないはずだ。

「――オリバー様？　オリバー様ってば！」

呼びかけられていることにしばらく気がつかず、肩を掴《つか》まれてようやく我に返った。

レナルドが、あきれた顔をして立っている。

「え？　あ、ごめん。なに？」

「教室、そっちじゃないよ。もう予鈴も鳴るし、早く教室に戻らないと」

「ごめん。ボーっとしていた」

早足で歩きだすレナルドの背中を、慌てて追いかける。

（やっぱり駄目だなぁ、僕）

オリバーは、自分に自信が持てない。

オスニエルもフィオナもアイラも、いつも自信に満ちあふれているように見える。

オリバーはいつも、自分だけが出来損ないのような気がしているのだ。


一日の授業が終わり、オリバーとアイラが後宮に戻ると、居間からはにぎやかな声が聞こえてきた。

「誰か来ているのかな」

「そうかも。行ってご挨拶しましょうか」

ふたりはそろって居間に向かい、少しだけ扉を開けて覗き込んだ。中にいた人影を見て、アイラが先に明るい声をあげる。

「あ！　ポリー！」

「まあ、おかえりなさいませ、アイラ様、オリバー様」

　フィオナと対面のソファに座っているのは、ポリーである。肩までの髪の小さな女の子が彼女の隣に座っていて、ポリー自身はまだ赤子の男の子を抱っこしている。

　ポリーは、上の子――今年三歳になるデイジーを出産するときに侍女をやめ、家庭に入っていた。その後は孤児院支援のための相談役として、たびたび城を訪れてはいたが、この一年は下の子の出産・育児で城に来ることがなかったので、アイラもオリバーも久しぶりの対面となる。

「わあ、赤ちゃん！　見せて見せて！」

　ポリーは挨拶をするために一瞬立ち上がろうとしたが、先にアイラが近寄っていったのでタイミングを逃したようだ。

「かわいい！」

「ありがとうございます。バージルというのですよ」

　ポリーは座ったままうれしそうに答えている。すぐにその場が和やかな雰囲気に包まれ、なんとなく出遅れたオリバーは、それを眺めることしかできなかった。

「おかえり、オリバー」

手招きをしてくれたのはフィオナだ。

「た、ただいま、母上」

「こっちにいらっしゃい。ポリーにね、乳母としてまた仕えてもらうことにしたのよ」

「またしばらくご厄介になります！」

既婚女性らしく髪を結いあげたポリーは、片手で赤子をかかえたまま、大きく礼をする。

アイラはバージルの頬をつんつんとつつき、喜色を浮かべている。

「やーん。かわいい！」

「アイラさま。そーっと、そーっとよ」

デイジーが小さいながらおねえちゃんぶりを発揮していて、かわいらしい。アイラもそう思ったようで、「あーん。デイジーもかわいい！」とぎゅっと抱きしめた。

「わわ、アイラさま。くるしいです」

と言いつつも、デイジーの顔はほころんでいる。

アイラは小さい子が好きなので、ポリーが子供を連れてくると大喜びだ。デイジーが小さいときも、よく抱っこをさせてもらっているのを見たが、オリバーは怪我をさせてしまいそうで、あまり積極的には触れない。

『みんな、うるさいよぉ』

そこにやって来たのは子犬姿のリーフェだ。

文句を言っているのだが、フィオナと双子以外には「キャン」としか聞こえないため、デイジーは喜んで近づいていった。

「ワンちゃん！」

『うわあ、小さい子だ』

リーフェは一瞬たじろいだものの、デイジーの触り方が優しいからか、動かずにじっとしていた。目を細めているところを見れば、気持ちがいいのだろう。

（リーフェ、うれしそうだな）

白い尻尾がブンブン揺れている。

オリバーが思うに、リーフェは基本的に女の子が好きなのだ。オリバーよりもアイラと共にいたがるのは、そういう理由もあるのだと思う。

（僕、ここにいていいのかな）

赤子と自分以外は女性ばかりという環境に、オリバーはだんだん、居心地が悪くなってきた。

「オリバー？」

「僕、剣術のけいこがあるから、行くね」

「オリバー？　まだ早いんじゃ……」

フィオナの声を背中に聞きながら、オリバーは、そそくさとその場を抜け出した。


後宮にある食堂で、フィオナと双子は共に夕食を取っていた。六人程度の食事がのるといっぱいになってしまうテーブルに、短辺にフィオナ、長辺にオリバーとアイラが並ぶ形で座っている。

「でね？　合唱祭で、私、ソロパートを歌えることになったの！」

「まあ。すごいじゃないの、アイラ」

「視察、父様来てくれるよねぇ」

「そうなるわね。ひと月後なら私は臨月で無理だから。……残念、私も聞きに行きたかったわ、アイラ」

「大丈夫！　私、後宮《ここ》でも練習するから。お腹の赤ちゃんにもいーっぱい聞かせてあげる！」

フィオナが微笑み、メイドたちも微笑ましそうにアイラを眺める。

音楽に関しては、オリバーの出る幕はない。ただ黙って聞いていると、フィオナはオリバーに話を振ってきた。

「オリバーは、今日学校でおもしろいことはあった？」

「……そうですね。今日はいつも通り……うーん。変わりないです」

「そう……」

なんとなく尻切れトンボとなり、会話が宙に浮く。

（ああ、失敗した）

沈黙をつくってしまったことが申し訳なく、オリバーは自分のふがいなさに悲しくなる。

「そうそう、ポリーに聞いたのだけれど……」

フィオナは話の主導権を取り戻し、再び話し始めた。

「入るぞ」

そこへ突然、オスニエルがバタバタと入ってきた。

「父様！」

「まあ、オスニエル様。慌ててどうなさったんです？」

呼びかけるのさえ一歩遅れてしまい、オリバーは父に声をかけるタイミングを逃してしまった。

「急ですまないが、明日からしばらく留守にすることになった」

焦った様子のオスニエルに、アイラもオリバーも顔を見合わせる。普段、余裕の表情の父親ばかり見ているせいか、彼が動揺していると一気に不安になってくる。

「ベンソン伯爵領で、地震が起きたらしい。地盤沈下で一部建物が傾いているそうだ。今詳細を調べさせているが、一度現地を視察してくる」

「そうなのですね。準備するものは？」

「ロジャーに任せているから大丈夫だろう。俺にも食事をもらえるか？　軽く取ってから、もう一度執務室に戻る」

メイドたちが料理を運んできて、久しぶりに家族全員そろっての食事をした。

しかし、話題はオスニエルの視察先のことばかりで、アイラは合唱祭のことを言えなかったし、オリバーも余計な口は挟めなかった。

「地震なんて……危険ではないのですか？」

フィオナの表情がかげると、オスニエルは安心させるように笑った。

「その後も地震は続いているそうだが、そこまで激しい揺れではないようだし、大丈夫だろう。俺の主導で進めている事業だ。一刻も早く現地の状況を確認して、指揮をとらねば。作業員たちの安全も確保してやりたいしな」

アイラとオリバーは、地面が揺れるという感覚がいまいちわからない。王都では滅多に地震が起こらないのだ。

「地震ってどんな感じ?」

アイラが尋ねると、オスニエルは少し考えてから答えた。

「俺も二度三度しか経験がないが、横に揺れることが多いようだな。地面が揺れるという感覚は独特で、ちょっと説明はしづらいな。まあでも、長い時間ではない。じっとして落下物にさえ気をつけていれば、それほど危険ではないだろう。さて、では俺は一度戻る」

慌ただしく食事を終えオスニエルが立ち上がる。フィオナも見送るために一緒に部屋を出ていった。

残されたアイラとオリバーは、顔を見合わせた。

「……父様、大変そうね。合唱祭までに落ち着くかなぁ」

「アイラ、父上が見に来るの、楽しみにしていたもんね」

「うん。……せっかく父様に見てもらえるって思ったのになぁ」

にわかにアイラの元気がなくなる。普段元気なアイラにこんな顔をされると、オリバーも不安になってしまう。なにか言って慰めなきゃと思うけれど、うまい言葉も思いつかず、口下手な自分が情けなくなる。

オリバーはアイラの手をぎゅっと握った。

「大丈夫だよ、アイラ。父上だもん。まだひと月もあるし、その頃には落ち着いているって」

「……そうよね。父様なら、ちょちょいのちょいで片づけちゃうわよね」

それでも、アイラはまだ気持ちが落ち着かないようだ。

入浴を終えると、居間のソファで丸くなっているリーフェのもとへ行き、甘えるように抱きしめる。

「リーフェ、一緒に寝ようよ」

『いいよー』

アイラはリーフェを抱っこしたまま、シンディに連れられて寝室へと向かった。

残されたオリバーは、「僕も寝るね」と侍女に言って部屋へと戻ると、ベッドに転がり、天井を見上げながらため息をついた。

(アイラ、元気がなくなっちゃったな)

彼女が元気いっぱいでも取り残された気分になるくせに、元気がなくなればそれはそれで心配になるのだから困ったものだ。

（地震なんて……大丈夫なのかな。もし父上が怪我でもしたら）

妊娠中の母親の心情を慮ると、気分が落ち着かない。

（もしなにかあっても、母上は身動きが取れないだろうし。僕は王太子なんだから、みんなを守らなきゃ……）

ゴロゴロと寝返りを打ちながらそんなことを考えていると、ドルフがひょっこりとやって来る。

『眠れないのか？』

「すごい。ドルフはどうしてわかるの？」

『聖獣ってのは本来、気配に敏感なものだ』

オリバーはうれしくなって起き上がる。

「母上はどう？」

『心配そうにはしていたが、オスニエルも部屋に戻ってきたからな、任せておけば大丈夫だろう』

「そう」

オリバーは胸をなで下ろす。

（だったら今のうちに……）

「ねぇ、ドルフ。お願いがある。父上が向かうはずの地盤沈下の現場ってわかる？　連れていってほしい」

オリバーの真剣な声に、ドルフは眉をひそめる。

『……行ってどうする。現場確認は王の務めだ。幼いお前がする必要はない』

「アイラが父上になにかあったら大変だって心配しているし。僕とドルフでなら、空から確認することもできるじゃないか。危なければ父上を止めることもできるし」

『危険があってもオスニエルは行くだろう。自分の目で見なければ納得しない男だ』

「たとえそうでも、状況を僕が伝えてあげれば、アイラは安心するはずだよ」

オリバーが引く様子がないのを見て、ドルフはため息をついた。

『……アイラのためか？』

「不安になっているみたいなんだ。危険な場所じゃないことだけでも教えてあげたい。それに、ドルフがいるなら、僕が怪我をするようなことはないでしょ？」

信頼しているし、と片目をつぶってみせると、ドルフは一瞬目を細める。

『……お前、たまにこずるいことを言うな』

言い方こそあきれたような様子だったが、ドルフは嫌そうでもない。あきらめたようにため息をつき、聖獣の姿に戻ると、くるりと背中を向けた。

『……乗れ』

「いいの？」

『珍しくお前が甘えてきたんだ。仕方ない』

「ありがとう！」

オリバーは上着を着て、銀色に光るドルフの背にしがみつく。

『時間を止めるぞ』

ドルフは、時を止めて大空へと飛び立つ。オリバーがいつものように王都の街を眺めていると、ドルフは突然、ぽつりと言った。

『……フィオナもオスニエルも、お前のことを心配している。もっと甘えてやれ』

「甘えて？」

オリバーには予想外なひと言だった。

『いい子であろうとしなくてもいいってことだ』

ドルフは、噛み砕くように言い直したが、オリバーにはまだピンとこない。

いい子とはなんだろう。単に親の言うことを素直に聞く子供ということであれば、オリバーはいい子と言えるかもしれない。だけど、オリバーはいい子であろうとしてそうしているわけではない。オリバーはみんなが笑っているのが好きで、悲しい顔は見たくない。だから余計な波風は立てないようにしている、それだけだ。

「僕はべつに、いい子じゃないよ」

風を体に感じながら、オリバーはため息をつく。

自分がいい子だなんてとても思えない。

たぐいまれなるカリスマ性で国を引っ張っている父親にも、聖獣の加護を受け、自国の経済を回している母親にも劣っている。一緒に生まれたアイラだって、そこにいるだけでみんなを笑顔にできるのに、オリバーにできることといえばそれを壊さずにいることだけだ。

「ただ僕は、アイラの元気がないと、心配でいろいろ手につかなくなるんだ。それが嫌だからこうしただけ」

『……そういうのを優しさというんじゃないのか？』

ドルフはどこかあきれたようにそう言うと、『まあいいが』と言って黙った。

オリバーはドルフに掴まる腕に力を込める。不安定な自分は、すぐにでもどこかに飛ばされてしまいそうで、落ち着かない。どうすれば心の底から安心することができるのか、答えがあるのなら誰かに教えてほしかった。

『ベンソン伯爵領内の鉱山の近くだと言っていたから、このあたりだろう』

ドルフが空中で止まったので、そうっと下を眺める。先日、夜の散歩で来た採掘場の近くだ。作業員が仮住まいするための宿舎が、わずかに斜めに傾いている。

「傾いた建物ってこれかな」

『そのようだな。斜めにはなっているが、崩れてまではいないようだな。……人は誰もいなさそうだ。おそらくは避難したのだろう』

ドルフはそっと中を覗き、そう結論づける。

「建物が傾くなんて……。地面がへこんだってこと？」

『まあそうだろうな。見た感じひどい地震でもなさそうだし、採掘で地盤が緩んでいたのか、地下水が噴き出して空洞ができて崩れたかどちらかじゃないか？』

ドルフがぶつぶつとつぶやく。

オリバーには彼の言っていることがよくわからないが、なんだか妙に、地面のあたりが気になった。

「ドルフ、下ろしてくれる？」

『気をつけろよ』

地面に降り立ったとき、体にぐらりとした揺れを感じた。

「あ、揺れる」

小刻みに感じる振動。揺れているが、べつに立っていられないほどではない。

「これが地震……？」

『そうだな』

オリバーにとっては初めての経験だった。

しかし、この程度であれば、災害が起こるほどの揺れだとは思えなかった。

『……う』

「ん？」

風の音に紛れて、微かに声が聞こえた。オリバーは周囲を見渡してみたが、なにも見つけられない。

「ドルフ、今なにか……声がしなかった？」

もう一度目をこすると、今度は、地面の一ヵ所が淡く光って見える。

「ドルフ、あれ」

『なんだ？　……なにかいるようだな』

近づいたひとりと一匹は、茶色の小さな生き物が地面に埋まっているのを見つけた。

「動物？　大丈夫かな」

オリバーは膝をつき、その生き物を助け出す。オリバーの手のひらより小さなネズミだ。体毛は茶色、半分だけ開かれた目から、赤い瞳が見える。体全体で呼吸をしているが、意識は朦朧《もうろう》としているようでオリバーが手にのせても反応は薄い。

オリバーは、ネズミを手にした途端、ドルフやリーフェに対面したときのような不思議な感覚が湧き上がってくるのを感じた。

「ねぇ、ドルフ。このネズミ。もしかして聖獣？」

ドルフは小刻みに震えているネズミのにおいを嗅ぐ。

『そのようだな。でもだいぶ、弱っているようだ。このままだと……』

「助けるよ、僕」

オリバーはポケットからハンカチを出して広げると、ネズミを包んだ。怪我はしていないようだが、ひどく衰弱している。

「聖獣って弱っているときはなにを食べるの？」

『飯はとくに必要ない。自然の多い土地の空気が一番の栄養だな』

「……ドルフ、子犬の時は食べているよね」

『必要はないが、食えないわけじゃない。気分の問題だ』

そっぽを向いたところを見ると、それなりに食事を楽しんでいるのだろう。

「とにかく、水でも飲ませようかな」

『それこそ、ルーデンブルグの湖にでも連れていけばよかろう。あそこなら聖域と言えるほど空気が清浄な土地だし、俺なら一瞬だ』

「わかった。じゃあお願い」

オリバーはネズミをかかえたままドルフの背中に乗り、一気に湖まで駆け抜けてもらった。


久しぶりに訪れたルーデンブルグの湖は、相変わらず静謐《せいひつ》な空気に包まれていた。今は夜だから獣たちも寝静まり、夜に活動する鳥や小動物がひそやかに鳴き声を響かせている。

オリバーは湖畔に降ろしてもらい、指先に水をつけて、ネズミの唇を濡らした。

「ほら、飲める？」

最初は反応がなかったが、丹念に唇を濡らしていくと、ひげをぴくぴくと動かし始めた。小さな舌を出して、オリバーの指を舐《な》める。

「少し元気になってきたかな」

指を水につけ、与えるのを繰り返していると、ネズミは少しずつ動きがよくなっていった。

やがて、支えていなくとも自力で立てるようになったので、両手を器のようにして、水をくみ、ネズミの前に出す。

ネズミはちらりとオリバーを見た後、顔を突っ込んでごくごくと飲み始めた。

やがて満足したように顔を上げると『助かった……』とオリバーを見上げる。

「もう大丈夫だよ。元気になるまで僕が守ってあげる」

ネズミはきょろきょろとあたりを見回し、ドルフを見つけると、怯《おび》えたように後ずさり、丸くなった。

「やだなぁ。ドルフは君のこと食べたりしないよ」

『こんなまずそうなネズミなどいるものか』

『本当か……？』

いぶかしがり震えるネズミを抱き上げて、オリバーは懐に入れる。

「……ドルフ、城に戻ろう」

『ああ』

ドルフの背に乗り、ネズミを確認するとすでに寝息を立てていた。まだ本調子ではないのだろう。

「ドルフ、しばらく、このネズミのこと、誰にも教えないでくれるかな」

『フィオナにもか？』

「うん。できれば、アイラにも」

オリバーは心細げにうつむく。ドルフはため息をつき、彼の言葉に了承した。

『問題が起こるまでは、見ないふりをしてやる』

「ありがとう！」

オリバーの弾んだ声に、ドルフは複雑そうな表情を浮かべつつも、それ以上はなにも言わなかった。


後宮に戻ると、オリバーはそそくさと部屋に戻り、ネズミのための寝床を作った。小物入れにしていた籠の中身を取り出し、清潔なタオルを敷いて、底にネズミを寝かせる。

ネズミはずいぶんと疲れていたのだろう。目を開けることなく、ただ、時折呻《うめ》き声をあげただけだった。

リーフェの加護を持つオリバーは、ほかの聖獣の言葉も聞き取ることができるので、彼が目覚めたら、きっと話ができるだろう。そう思うとわくわくしてきた。

（この聖獣がもしもまだ誰にも加護を与えていないなら……）

頭をかすめるのはそんなことだ。

オリバーはフィオナがうらやましい。ドルフという力の強い聖獣に、あんなにも大事にされているのだ。

もちろんリーフェが駄目だなんて思っていないし、リーフェのことは好きだ。けれど、リーフェはアイラとオリバーふたりを加護していて、しかもその比重はアイラに偏っているとオリバーは思っている。

〝自分だけのなにか〟が欲しい。それが、オリバーが今切実に願っていることだ。

（僕のこと、友達だって思ってくれないかな。そのためには、仲よくなれるよう、僕ががんばらないと）

オリバーは、何度かネズミの方をちらちら見つつ、ゆっくりと眠りに落ちていった。

翌朝、オリバーは早起きしてこっそりと厨房を訪れた。

「おや、オリバー様？」

まだ誰もいないかと思ったのに、厨房の朝は早いらしい。料理長が保冷庫を見ながら悩んでいるところだった。

「料理長、お菓子かなにか、少しだけ分けてもらえませんか」

「お菓子？　でもオリバー様、じきに朝食の時間になりますよ」

当然の返答だが、それでは困るのだ。オリバーは背伸びをして料理長に耳打ちした。

「その前に少しだけ先にください。僕、お腹がすいちゃって……」

「はは。成長期ですもんね。オスニエル様のご子息ですから、オリバー様も大きくなられるんでしょうなぁ」

大柄な料理長は豪快に笑い、クッキーを一枚分けてくれた。

オリバーはお礼を言って、人目につかないように部屋に戻り、ネズミの寝床の前に、水とクッキーを置いておく。

「これ、クッキー。食べられるようなら食べてね？　僕は学校に行く支度をしなきゃならないから、行くね。誰かが来たら、机の下のルームシューズの中に隠れて。そこなら誰も見ないと思う」

ネズミは片目を開けたまま黙っていたが、オリバーは伝えるべきことを一気に言い、部屋を出た。

廊下には、アイラが待ち構えていた。腰に手をあて、頬を膨らませて怒っている。

「オリバーったら、昨日、どこに行っていたの？　夜に覗きに来たら、もぬけの殻だったよ！」

　どうやら不在中にアイラが部屋を訪れていたらしい。普段は一度寝たら起きないのに、なにかの勘が働いたのだろうか。

「ちょっとドルフと、……父上が行く予定の視察先を見てきたんだよ」

「危ないじゃない！　行くなら私も誘ってくれればよかったのに」

　怒るアイラを、オリバーは必死になだめる。

「リーフェは人を乗せるのが好きじゃないし、危ないから。現場は思ったよりもひどくはなかったよ。建物が一部傾いていたんだけど、もう避難していて、そこには誰も住んでいないみたいだったし、父上が怪我をするようなことはないと思う」

「そうなんだ。よかった……」

　アイラはホッとした表情で胸をなで下ろした。しかし、すぐに気を取り直し、オリバーの顔の前に指を突きつける。

「でも、オリバーが怪我をしたら嫌だからね！　危ないことはしないで」

「わかってるよ。ドルフがいたから大丈夫だと思ったんだ」

「ひとりで勝手に決めないでよ。ちゃんと相談して。ね！」

　アイラはそう言うと、オリバーの手を取り、ぐいぐいと引っ張って食堂へ向かった。

食堂ではフィオナが待っていた。ふたりの顔を見て、彼女はオスニエルが朝一番に出発したと説明し、少し寂しそうに笑う。

フィオナはオスニエルが心配なのか、食事中も言葉少なで、アイラの話にぽつりぽつりと相づちを打っているだけだ。

オリバーはそんな母親の様子を心配しながらも、うまい言葉が思いつかない。

やがて出発の時間が迫り、アイラとオリバーは慌てて馬車へと乗り込んだ。

ケンカする子供たち

学校から帰ると、アイラはまず、フィオナを捜す。

お腹が重いのか、最近のフィオナは居間でソファに体を預けているか、寝室のベッドで横になっているかのどちらかだ。

今日は居間のソファにいて、フィオナの隣には子犬姿のドルフが陣取っている。

「母様、ただいま帰りました。調子はどう？」

「おかえりアイラ。元気だから心配しないで」

ゆったりと微笑むフィオナに、アイラはホッと息を吐く。

妊娠・出産は、危険が伴う女性の大きな仕事だと、アイラはフィオナのもとに通う助産師から聞いていた。まれに、命を失う者もいるのだと。

何事もないと信じてはいるけれど、不安をぬぐいきれないアイラは、できるだけフィオナと過ごすようにしている。

「ドルフ、場所譲って！」

『まったく。お前はいつまでも甘えん坊だな』

「人のこと言えないでしょう？　すぐ母様の膝を奪おうとするくせに」

ドルフを追い出し、フィオナの隣に座ったアイラは膨らんだお腹を優しく触る。

「赤ちゃんは元気かな。早く出てきてくれたらいいのに」

「そうね。でも元気よ。ほら、お腹をたたいているわ」

手のひらに感じる振動に、アイラは顔をほころばせる。

「わあ、本当だ」

アイラは生命の神秘に思いをはせる。

お腹に、生きている人間が入っているなんて不思議すぎる。自分たちの時はふたり入っていたのだ。よく母体が無事だったなと思う。

アイラは、きょうだいができるのを楽しみにしていた。

オリバーとは双子なので、姉弟といっても少し感覚が違う。一応アイラの方が姉だが、オリバーの世話をした記憶などないし、オリバーも弟として頼ってくるという感じではない。しかし、これから生まれてくる子は、必ずアイラの庇護《ひご》を必要とする存在なのだ。

（私が守ってあげるんだから）

姉としての自尊心がうずうずする。

「母様、この子が生まれたら、私、いっぱいお世話してあげるね」

「そうね。ありがとう」

「ふふ。じゃあ、お歌を聞かせてあげる」

アイラがフィオナのお腹をなでながら、楽しそうに歌っていると、オリバーが入ってくる。

「母上」

「オリバーもおかえりなさい。着替えてきたのね」

「うん。母上もお変わりないですか？」

どこか他人行儀に言うと、オリバーもアイラと同じようにお腹をなでようとした。

「あれ？」

オリバーが近づいた一瞬、アイラはにおいが気になった。

（獣のにおい？　でもドルフのでもリーフェのでもない……どういうこと？）

不思議に思ってオリバーの顔を見ても、いつもと変わりがない。

（さっきまでは、こんなにおいしていなかった。え？　後宮にほかの獣が入ってきたの？　それともオリバーが勝手に飼っている？）

涼しい顔でアイラに内緒にしているのかと思うと、アイラの胸中は複雑だ。

「では僕はこれで失礼しますね」

オリバーが部屋を出ていく。それを見送ってから、アイラはぽつりと言った。

「ねぇ、母様。オリバーから変なにおいしなかった？」

「におい？　そうかしら」

「……気のせいかなぁ」

しかし、アイラはずっと違和感が消えなかった。

＊　＊　＊

学校から帰ると、アイラはすぐに居間に向かう。オリバーはその背中を見送り、自室へと直行した。

机上の籠の中では、ネズミが眠っている。まだオリバーのことを信用しているわけではないらしく、オリバーが近づいても、寝床から出てくる気配はない。

朝に置いた水とクッキーは、水が少し減っていただけだ。クッキーはそのまま残っている。

オリバーは、「毒なんて入っていないよ？」とネズミの目の前でクッキーを半分に割り、半分は自分で食べ、半分はまたもとに戻しておく。

『……ふん』

ネズミの警戒心はそれでも消えないようだ。その後もじっと見ていたが、動く気配はなかった。

「僕、母上に挨拶をしてくる」

オリバーは部屋を出て、居間に向かった。アイラの歌声が聞こえてきて、ノックするのを一瞬ためらう。

（アイラが、母上に歌を聞かせているのかな）

綺麗な声だ。アイラの歌声を聞いていると、オリバーはなぜか教会にいるときのような気分になる。

ネズミの聖獣を隠しているという内緒事をかかえているせいか、気持ちが落ち着かず、オリバーは母親に帰宅した旨を伝えると、そそくさと部屋に戻った。

「……あれ？」

ネズミの寝床に目をやると、先ほどのクッキーがなくなっている。

「食べたの？　食べられたんだね。よかった」

ネズミは丸くなったままなにも言わない。

オリバーはネズミの首のあたりを掴んで持ち上げてみた。クッキーの欠片《かけら》が、ひげにくっついている。

「……ふふっ」

『笑うな！』

「おいしかった？」

ネズミは体をブンブンと振って、オリバーの手から逃れ、すぐさま寝床に戻ってしまった。

「ふふ、素直じゃないなぁ」

オリバーは楽しくなって笑った。久しぶりに、しっかり笑ったような気がした。

保護して三日目くらいから、ネズミは徐々に警戒を解いてくれた。

オリバーが顔を見せても、寝床に戻ることはなくなり、好き勝手に動いてみては、時折オリバーの反応を確認するようにちらりと見てくる。

そして五日目くらいには、すっかり元気を取り戻し、部屋中を動き回るようになっていた。

「すっかり元気になったね」

『……うむ』

小さなネズミだから、てっきりまだ若い聖獣なのかと思っていたが、彼はもうずいぶん長生きしている聖獣のようだ。話し方が意外に尊大で、おっさんくさい。

オリバーが彼の言葉が聞き取れているとは思っていないようで、視線を送ると、とぼけたふりで「チュウ」と鳴いた。

オリバーは本を読むふりをして、動き回るネズミを、好きなようにさせておいた。

やがてオリバーの腕や肩にのるようになり、すべり台のようにしてコロコロ転がり、自由気ままに動き回るようになった。その行動も子供のようで、なんだかかわいらしく思えてしまう。

(そろそろ、聞いても怖がらせないかな)

「ねぇ。君の名前はなんていうの？　嫌じゃなかったら教えてくれないかな」

オリバーの問いかけに、ネズミはたじろいだように動きを止め、じっとオリバーを見ている。

「嫌？　なら、言わなくていいよ。無理強いする気はないから」

引き下がろうとしたオリバーをじっと見て、ネズミは低めの声を出した。

『……チャドだ』

どうやら、名前を教えてくれたらしい。

オリバーは微笑んで「チャド。僕はオリバー。よろしくね」と答えた。

その反応に、チャドは目をまん丸にした。

『お前、我の声が聞こえているのか?』

オリバーは微笑んで、チャドと目を合わせる。

「僕は聖獣の加護持ちだから。君の声、ずっと聞こえていたよ」

『……ならば、子供のふりなどしなければよかった』

先ほどの、腕をすべり台にした件だろうか。わざとだったにしては、ずいぶん楽しそうだったが。

オリバーがくすくす笑うと、チャドは嫌そうに睨んでくる。

『強い聖獣がいるとは思っていたが、まさか加護まで得ているとは……』

「ドルフのこと? だったら違うよ。ドルフは僕の母上の聖獣。僕に加護を与えてくれたのは、白の狼のリーフェ。今ここにはいない」

オリバーは普段、ドルフやリーフェが仲よくしているのを見ているし、ドルフがもともといたルングレン山には聖獣がたくさんいたというから、聖獣同士は通常交流があるものだと思っていたが、チャドはそれほどほかの聖獣と面識がないらしい。

『ほかにもいるのか？　そいつも狼ならば、ずいぶんと力は強いのだろうか』

チャドが目を光らせてオリバーをじっと見る。探るような視線に、オリバーは落ち着かない気分になっていく。

「そうだね。力は強い聖獣だって聞いたよ。ただ、僕の加護は、双子の姉と半分こだから」

オリバーは、チャドに自分たちが母親のお腹にいたときに加護を得たことを説明した。すると、チャドはひげを右前足でかき、考え込むように丸くなった。

『……ひとりでふたりの人間に同時に加護を与えることなどできるのか？』

「できているみたいだよ」

『ふむ……』

チャドがそれ以上は話さなくなったので、オリバーも黙って本の続きを読み始める。

オリバーがページを数度めくる間に、チャドはオリバーの腕を登ったり下りたりしていた。

『……なあ、お前にはもしかして』

「え？」

オリバーが本から目を上げると、チャドはオリバーの肩のあたりにいた。茶色の毛並みがどことなくキラキラと光っていて、赤の瞳もルビーのように綺麗だ。

「チャド、近くで見ると綺麗な聖獣なんだね」

『き、綺麗というのは男に対する褒め言葉ではないぞ！』

「そうかな」

チャドはぷいとそっぽを向いてしまい、オリバーはくすくす笑いながら彼を手のひらにのせた。

少しずつ仲よくなれている実感が湧いてきて、オリバーは満足だった。

＊　＊　＊

アイラは数日、オリバーを見張っていた。

でも、オリバーの動きにとくにおかしなところはない。気になることといえば、オリバーが自分の部屋に食べ物を持ち込んでいるところを目撃したくらいだ。

（オリバーはそんなに食いしん坊じゃないし、なにか部屋に隠しているのかな……）

アイラはオリバーの部屋の扉に、耳を押しつける。盗み聞きなんてお行儀がよくないとは思うが、気になってじっとしてなどいられない。

《……だろう》

聞こえてきたのは、ドルフの声だ。

（まったくもう、ドルフは母様の聖獣なのに、オリバーとばっかり仲がいいんだから）

あまりにドルフとオリバーが仲良しなので、アイラはたまに、オリバーを取られたような気分になってしまう。

会話はまだ続いていた。

《でもずいぶん動き回れるようにはなったよ》

《そうなのか？　俺の前では寝たふりばかりしているが》

どうやら、オリバーの隠し事には、ドルフも一枚噛んでいるらしい。

ドルフがかかわっているということは、オリバーの夜の散歩がらみだろう。アイラはいつも、一緒に連れていってほしいと思っているのに、リーフェが人を乗せたがらないからついていけない。

（私もリーフェを巻き込むべきかなぁ……。頼み込めば、一回くらいは乗せて飛んでくれるかもしれないし）

《……アイラには言わなくていいのか？》

考え込んでいるうちに、会話に自分の名前が出てきて、アイラは焦る。

《うん。もうちょっと……僕だけで面倒見るよ》

《なにを考えているんだ、オリバー》

(え、なに？　もしかして、わざと内緒にしているの？)

アイラはショックだった。オリバーとは双子として生まれ、ずっと一緒に育ってきた。おしゃべりが得意なアイラと運動が得意なオリバーは性別が違うこともあって、比べられることも少なく、とくにケンカもせずに大きくなった。

だからアイラは、オリバーのことが大好きだ。誰より理解していると思っていたし、相手もそうだと思っていたのだ。

(嘘、嘘、嘘。どうして？　私はオリバーになんでも話していたのに)

戸惑っているアイラに、さらに続けられたひと言が追い打ちをかけた。

《アイラに見せちゃうと、……みんな、アイラの方を好きになるから》

(なに……それ)

オリバーの声は、沈んでいた。それが、アイラの胸をぎゅっと締めつける。

アイラは、聞いてはいけないことを聞いてしまった気がして、おずおずとうしろに下がって駆け出した。

ショックを受けたアイラは、一度は自分の部屋に戻った。しかし、どうがんばっても気持ちが落ち着かない。こんな日に限ってリーフェの姿も見えないのだ。

（ああもう、もやもやする！）

ひとりでいたくなくて、結局、アイラはフィオナのところにやって来た。

「母様、お膝にのせて」

しかしフィオナのお腹は大きく、アイラが乗れるだけのスペースはない。仕方なく、ソファに横になって、膝小僧のあたりにちょこんと頭をのせた。

「アイラ、どうしたの」

フィオナは甘えてくるアイラの髪をなでる。アイラは顔をうつぶせにしたまま、「んー」と生返事をするだけだ。

アイラには珍しい様子に、フィオナは長期戦を覚悟して、彼女の髪をなで続ける。

「学校でなにかあった？」

「ううん」

「じゃあ、お腹がすいた？」

「もうっ、どうしてそうなるの！」

「だって、アイラがおしゃべりしないなんて珍しいもの。心配にもなるわ」

フィオナが笑うと、アイラは少し照れたように、自分の髪をくるくると指に巻きつけた。

「……ねぇ、母様は父様とケンカしたことある？」

「あるわよ。たーくさん」

「そうなの？　じゃあ、そんな時、どうやって仲直りするの？」

突然、がばっと顔を上げたアイラに、フィオナは苦笑する。

「なあに？　オリバーとケンカでもした？」

「ケンカはしてない。ただ、……なんかこう、もやもやするっていうか」

「もやもや？」

「……オリバー、私に内緒にしていることがあるみたいなんだもん」

アイラは顔を伏せ、ソファからはみ出した足をプラプラとさせる。

「内緒にしているなんて、どうしてわかるの？」

「わかるよ！　私、オリバーのことならなんだってわかるもん。双子なんだから」

「そうかしら」

思いがけないところを否定されて、アイラは言葉を失った。

「え、だって。そうだよね。私とオリバー、ずっと一緒にいるんだし」

「双子でも別の人間だもの。全部わかるなんてことないんじゃないかしら」

「……でも、でも」

反論しようとするけれど、フィオナの言っていることが正しいとアイラはわかっていた。

オリバーのことはよく知っている。だけど、なにを考えているかは最近わからない。オリバーは自分の気持ちをあまり口にしないから。

ほかにも、オリバーにはわからないところがある。

アイラはオリバーが優しいことを知っている。だからそれを学校のみんなにも知ってもらいたい。だけど、オリバーはいつも誰にも気づかれないように、いいことをするのだ。

オリバーがしていることをみんなが知ったら、誰だってオリバーが好きになるに違いないのに。

(……オリバーは、みんなに知られたくないのかな)

アイラはもどかしく感じる。どうしてオリバーは、自分をアピールしようとしないのだろう。

「オリバーにだって、秘密にしたいことくらいあるんじゃないかしら。なんでもさらけ出さなくなったのは、大人になったということよ」

フィオナがあまりにも普通に受け入れていることが、アイラには納得できない。

「大人に？　じゃあ、大人になったら、私、オリバーのことわからなくなっちゃうの？」

「アイラ、相手を理解するということは、相手のすべてを暴くことじゃないわ」

「よくわからない」

アイラは自分の気持ちを整理できない。ただ、今までずっと一緒で、なんでもわかっていると思っていたオリバーが、急に遠い存在になってしまったようで悲しい。

首を振るアイラに、フィオナはため息をついた。

「アイラは、オリバーのことどう思っているの？」

「どうって、好きだよ。弟だもん。でもちょっとだけイライラする。どうしてって思うことがたくさんある」

「そうね。気持ちをひと言で言い表せないくらい、あなたも大人になったの。オリバーもきっとそう。今はまだ、気持ちの整理をしている段階なのかもしれないわ。自分から言いだすまで待ってあげたらどう？」

フィオナに頬をなでられ、アイラはなんだか切なくなってきた。

「でも……」

「アイラに教えていないことがあるからと言って、アイラのことを嫌いになったわけじゃないでしょう？」

「そうだけど……」

どうにも納得がいっていない様子のアイラに、フィオナはあきらめたようにため息をつき、前言を撤回した。

「どうしても気になるなら、自分の思うようにやってみなさい」

「母様」

「あなたは気持ちを隠すのに向いていないわ。そんなにそわそわしていたら、オリバーもあなたの変化に気づくでしょう。その前に、アイラの本当に聞きたいことを聞いてごらんなさい」

「……うん」

フィオナの優しい手に、少しだけ勇気をもらって、アイラはうなずいた。

＊　＊　＊

オリバーは、チャドが床に置かれたルームシューズから出たり入ったり、あたりを駆け回ったりとひとり遊びに興じているさまを眺めていた。

(子供じゃないわりには、子供っぽい動きは好きそうだよなぁ)

リーフェも蝶々を追いかけるのが好きだから、年齢関係なく、そういうものなのかもしれない。きっと聖獣にも、動物っぽい本能があるのだろう。

『なあ、オリバー』

「なに?」

『お前のおかげで、ずいぶん体が楽になった。感謝する』

「そんな。……チャドを見つけたのはたまたまだし、そもそもドルフがいなければあそこにも行けなかったんだから、お礼ならドルフに言ってあげて」

『あの狼だけだったなら、我のことなど気にも留めなかっただろう。お前がいたから、我は救われたのだ』

「そんなこと——」

オリバーの声を遮るように部屋の扉がノックされ、「誰?」と問いかけるとアイラの声がする。

《私、アイラ。入っていい?》

「え、あ……」

アイラが返事を待たずに扉を開けたので、オリバーは動揺してしまう。慌ててチャドのいるあたりに座り、背中で隠す。

「うわっ、な、なに、アイラ」

床にあぐらをかいているような珍しい姿のオリバーに、アイラは怪訝《けげん》な顔をする。

「……なにしているの？ 入っていい？」

「いや、今は、その」

「……やっぱり、なにか隠しているでしょう」

アイラはじっとオリバーを見つめてくる。やましいことがあるので、オリバーは、思わず目をそらしてしまう。しばしの沈黙の後、アイラがしびれを切らしたように、口を開いた。

「オリバー、私には言いたくないの？」

「アイラ、違う。その」

「私のこと嫌いなの？ だから私に隠すの？」

アイラの声が震えている。ハッとしてオリバーが顔を上げると、アイラは、目を潤ませて、扉の前で立ちすくんでいた。

アイラを泣かせて平気でいられるほど、オリバーの神経は太くない。

「違うんだよ。アイラ。その、……ああ、もう、入って」

オリバーは立ち上がり、アイラを中に引き入れる。新たなる人物の登場に、チャドは一瞬たじろぎ、ルームシューズのうしろに隠れた。

『誰だ？』

「え？　誰の声？」

アイラはすぐに駆け寄り、逃げようとするチャドを掴んでしまった。チャドが足をバタバタとさせる。

「オリバー、なにこれ、聖獣？」

人ならざるものを感知する能力は、アイラの方が長けている。アイラは迷いもなくそう言い、チャドの顔を覗き込んだ。

チャドは、アイラのにおいを嗅いだが、それ以上の興味を示さなかった。アイラが手を離すと、走ってオリバーの足もとまで逃げ、身を隠すようにしてアイラを見る。

「かわいいー。どうしたの？　どこで拾ってきたの？」

見つかってしまってはもう言い逃れもできない。オリバーはあきらめて、チャドを見つけた経緯を説明した。

「この間、地盤沈下した場所を見に行ったときに、見つけた」

「どうして教えてくれなかったの？」

率直に尋ねるアイラに、オリバーはどう伝えようか迷う。

チャドまでアイラに取られたら……なんて不安に思っていることを、アイラに知られたくない。だけど、アイラのピンクがかった灰色の瞳がまっすぐ覗き込んでくると、嘘もつけない。

オリバーは目を泳がせて、歯切れ悪く理由を語った。

「……アイラに見せたら、チャド……このネズミも、アイラに夢中になるんじゃないかと思ったんだ」

「オリバー？」

ひとつ吐き出してしまうと、口から言葉がどんどんすべり落ちていく。オリバーは内心焦りながら、でもどこで止めたらいいのかわからなくなっていた。

「リーフェも、クラスのみんなも、明るくて元気なアイラのことが好きでしょう？　……僕よりも」

「オリバー？」

「僕は話すのは得意じゃないし、みんなを笑わせることもできない。アイラの方がたくさんの人に愛されて、期待されて」

自分の言葉で、胸がかきむしられる。目の前のアイラが、見るからに傷ついているのがわかって悲しいのに、どこかで優越感を覚えているのもわかった。

――自分の言葉で、傷ついてくれるくらい、アイラは自分を好いていてくれる。

感じる暗い喜びに、オリバーは焦る。

こんな感情、持ってはならない。アイラに嫉妬し、アイラに甘えている。そう思うのに、止めることができない。

「……僕は、僕よりアイラの方が王に向いていると思う。きっと父上だって、そう思っているはずだよ」

ずっと思っていたことだ。だけど、それを口にして、オリバーの胸に残ったのは、居心地の悪さだった。

目の前のアイラは震えながら、目に涙をためていた。

「ど、どうしてそんなこと言うの。オリバーはすごいじゃない。足も速いし、剣術だってがんばってる。父様だって、オリバーに期待しているじゃない。オリバーのこと、みんな好きだよ。なんでわからないの？」

「違うよ。みんな僕よりアイラの方が――」

「なんにもわかっていないの、オリバーの方だよ！」

アイラはそのあたりに落ちていたクッションを掴むと、オリバーに投げつけ、泣きながら部屋を出ていった。

残されたオリバーは、いたたまれない気持ちでいっぱいだ。けれども、どうすることもできずにその場に座り込む。

『オリバー？』

チャドが肩にのってきて、オリバーの頬を心配そうに舐めた。

＊　＊　＊

『アイラ、重たいよう』

リーフェは、背中に抱きついて泣いているアイラを尻尾でたたく。しかしアイラはおかまいなしだ。ぎゅうぎゅうに抱きついて、リーフェの背中の毛を濡らしていく。

「オリバーの馬鹿馬鹿！」

『そんなのオリバーに言いなよう』

「言えないからリーフェに言っているんでしょ！」

アイラは相変わらず理不尽で、リーフェは困ってしまう。

だけど、経験上、アイラがあとでちゃんと謝ってくることをリーフェは知っている。

勢いでリーフェの背中をたたいた後、泣きながらその部分をなでているのも。

感情に素直ではあるけれど、アイラもやっぱり優しい子なのだ。

「オリバー、本当に私のこと嫌になっちゃったのかな」

『私はオリバーじゃないから知らない』

「もう！　そこは嘘でも、『そんなことないよ』って慰めるところだよ！」

『人間の都合なんて知らないよう』

まったく実もない話し合いだが、アイラは口に出しただけですっきりしたのか、先ほどよりは、少し落ち着いてきていた。

ようやく話を聞く気になったようなので、リーフェは口を挟む。

『そんなに心配なら、フィオナに聞いてみれば？　ママなんだし』

「母様に相談したから、今こうなっているんだもん。ちょっと言いづらいよ、心配かけちゃう」

『心配かけてもいいんだよ。ママなんだもん』

「リーフェって母様のこと好きだよね」

『だってママって、困ったときに助けてくれるものでしょ？』

あたり前のように返され、アイラは鼻をすすりながら考える。

「ね、リーフェのママってもういないの？」

『うん。でもママは私のこと守ってくれているから。ルーデンブルグの湖を守っていれば大丈夫だって、ママが教えてくれたんだもん』

リーフェの尻尾がフルフルと揺れる。アイラはきょとんとリーフェを見つめていた。

「どうしてそんなに信じられるの」

『どうして信じられないの？　ママでしょ？　オリバーだってアイラの弟だよ？　アイラのこと好きに決まっているじゃん』

「なんでそんなに自信が持てるのぉ？」

納得いかないのか、アイラは再び泣きだした。しかし、やがておとなしくなり、鼻をすすりながら、顔を上げる。

「……ケンカしたこと、母様に話してくる」

アイラは涙をぬぐいながら、リーフェの背中をよしよしとなでた。

「さっき、たたいてごめんね」

『いいよー』

リーフェはくすくす笑いながら、尻尾でアイラの背中を押してあげた。

＊　＊　＊

フィオナはドルフと共に寝室にいた。

「オスニエル様、大丈夫かしらね」

『地盤沈下に関しては、そこまで大きな被害じゃなかった。一部の建物は傾いていたがな』

「どうして知っているの？　見に行ったの？」

『……まあ、そんなところだ』

歯切れの悪い返事に、フィオナは眉を寄せる。どうもここのところ、子供たちといいドルフといい秘密が多い。

「……みんな自分の世界を持ち始めるのね」

『なんだ、やきもちか』

「それが自然なはずなのだけど、少し寂しいわね。アイラの気持ちもわかるわ」

フィオナはベッドにごろんと横になる。お腹が重く、仰向けでいるとすぐに苦しくなってしまうので、横向きでだ。

ドルフはフィオナのお腹にそっと耳をあて、目を細める。ドルフがお腹の子が生まれてくるのを楽しみにしているのが伝わってきて、フィオナもうれしくなる。

ドルフは姿勢を戻し、少し表情を曇らせる。

『……オリバーは、少し危険かもしれないぞ』

「どういうこと？」

『自信がないといえばいいのだろうか。人のことばかりで、自分を守ることをあまり考えていない』

「それは困るわ。オリバーになにかあったら、正気でなんていられないもの。それに、私だけじゃない、この国にとっても大事になる」

『まあ、俺がついていてやるから、そこまで心配はしなくてもいいが』

《母様ー》

ペタペタと廊下を歩く音がしたかと思うと、アイラが涙目でやって来る。

「まあ、アイラ、どうしたの」

「お話聞いて。私、オリバーとケンカしちゃった」

フィオナはアイラを中に招き入れ、彼女の手を握りながら、話を聞いた。

「オリバーは、不安なのね……」

「どうしてあんなこと言うのかな。オリバーはすごいってみんな思っているのに、オリバーだけが信じてくれない」

「そうね。……困ったわね。信じてもらえる方法を考えなきゃ……」

フィオナも昔は、自分に自信がなかった。王族ならば誰でも得られるはずの聖獣の加護をもらえなかったのだ。王族として価値のない人間だと思っていた。

（自信が持てるようになったのはいつだったかしら。ドルフが加護をくれて、ポリーの好意を素直に信じられるようになって。孤児院の子供たちが笑顔を見せてくれて……）

フィオナは出会った人々の顔を思い出す。

笑顔を向けられるたびに、前を向くことが怖くなっていった。

孤児院をよくするためにオスニエルに食ってかかることもいとわないほど。

（あの時には、私は自分の考えが信じられるようになっていた。からこそ、オスニエル様の価値観を変えることができたのだわ。意志の強い彼が、迷いながらの発言に心を動かされるはずがないのだから）

今ではめったに見ることのできないオスニエルの仏頂面を思い出して、フィオナは口もとを緩める。

(彼が私の考えを認めてくれるたび、それがさらに自信になっていった)

過去七度の人生を思い出せば、オスニエルを愛することができるなんて想像もつかなかった。傲慢で、武力だけに頼る野蛮な人だと思い込んでいたのだから。

けれど、フィオナ自身が変わったことで、オスニエルとの関係が変わった。

オスニエルは、フィオナの話をよく聞き、願いを実現するために力を尽くしてくれるようになり、そんな彼の姿を見て、フィオナも彼を信じたいと思い始めた。

自分に自信が持てるようになったからこそ、フィオナの人生は大きく変わったのだ。

(オリバーにもそうなってほしいけれど、……自信を持つって、自分だけでは難しいのよね)

「……アイラ」

「なあに、母様」

「アイラは、オリバーのこと好き？」

「あたり前！　そりゃ、なんでわかってくれないのって思うとイライラするけど、嫌いになんてなるわけないよ」

「だったら、そのままでいいわ。アイラがオリバーを信じてあげていれば、いつかオリバーも自分を信じられるようになる」

力のこもったフィオナのまなざしに、アイラは涙目のまま、きょとんと見つめ返す。

「ほんと？」

「ええ。自分を信じてくれる人がいるって、なによりもすごいことなのよ」

フィオナの言葉に、アイラは少し迷いも見せつつうなずいた。

ドルフは、微笑んだまま親子の会話を眺めていた。

＊　＊　＊

日も暮れようという頃、オリバーは王城と後宮の間の中庭で、剣を振るっていた。

アイラの傷ついた顔が頭から離れない。つらくて苦しい。なにもかも上手にできない自分が、心底嫌でたまらない。

「はあ、はあ、……僕は……」

（誰の役にも立たないなら、消えてしまいたい。それでも、自分の立場を思えば、誰にも弱音なんて吐けない）

自分に対する怒りや情けなさを一瞬でも忘れたくて剣を取ったはずだった。けれど、アイラの泣き顔が頭から少しも消えてくれない。

『オリバー』

チャドの声だ。普段、オリバーの部屋から出てこないのに、珍しく外にいる。草木の陰からこちらを見上げていた。

『そんなにがむしゃらに剣を振るっていては、怪我をしてしまうぞ』

「べつにいい」

『やれやれ、さっきのケンカのせいか』

「……あっちに行ってよ」

原因がチャドのことだから、彼にも心労をかけているのかもしれないとは思いつつ、今は優しい言葉を返せそうにない。八つ当たりはしたくないから、ひとりにしてほしいのだ。

チャドは「チュウ」と小さく鳴くと、肩をすくめて、走っていってしまった。

「……ふう」

オリバーは再び剣を振るう。

「オリバー様」

そこに、男の低い声がした。すでに夕闇で顔がはっきり認識できない。けれどシルエットに見覚えがある。

「……カイ？」

「やっぱりオリバー様でしたか。どうしたんですか。こんな時間にけいこですか？　もう暗いですし、危険ですよ」

「でも」

オリバーがうつむくと、カイはしばらく沈黙したのち、優しい声を出した。

「じゃあ、こうしましょう。俺がお相手します。俺めがけて打ち込んできてください」

「……うん」

面倒見のいいカイらしい提案だ。

近衛騎士団の副団長でもある彼は、部下からの評判もいい。騎士団長の都合がつかない日は、オリバーのけいこに付き合ってくれることもある。

夕闇の中、しばらくふたりの剣が打ち合う音が響く。

「オリバー様はなにか迷っているんですか？」

「え？」

「ほら、脇、空いていますよ」

空気を切る音がしたかと思うと、腰のあたりに剣が入ってくる。オリバーは反射的に目をつぶってしまったが衝撃はなく、そろりと目を開ければ、カイの剣が体に触れる手前で止まっていた。

カイはオリバーの反応を確認した後、剣を鞘《さや》に戻した。

「いつものオリバー様なら、もっと動けるでしょう。俺にこんな隙を見せるなんて、珍しい」

さらりとカイが言った。

(いつも……いつもの僕ってどんなんだったろう。なんだかもう、わからなくなってきた)

オリバーはため息をつくと、思いきって素直に聞いてみた。

「カイ、いつもの僕ってどんなの？」

「……そうですね。自分のやるべきことを愚直に見つめているって感じでしょうか」

「──っ」

カイからの返事は、オリバーにとっては意外なものだった。

周囲のオリバーの評価は、物静か、真面目、運動が得意くらいなものだ。

「あれ？　俺、変なこと言いました？　あ、愚直は失礼か。すんません」

「……いいよ。全然、失礼なんかじゃない」

オリバーは肩の力が少しだけ抜けたような気がした。

「カイ、これから言うこと、誰にも言わないでくれる?」

「いいですけど。どうしたんです」

「僕、……僕さ、本当に王になれるのかな」

「……怖気づいているんですか?」

あまりにもあっけらかんと聞かれて、戸惑いつつもうなずく。弱音を吐いたら、叱られるかと思っていたので、カイの反応は意外だ。

「俺は三男なので、家を継ぐ覚悟とかそういうものはわからないんですけど、悩んでいる時点で、オリバー様には王位を受け継ぐ覚悟はあるんだと思いますよ」

「覚悟?」

「ええ。だって俺、考えたこともないですしね」

「それは、カイがその立場にいないからでしょう?」

まあそうですが、と前置きし、カイはからりと笑った。

「オリバー様、まだ十歳でしょう? その年の頃なんて、なんにも考えていませんでしたよ、俺」

あまりにあっけからかんと言うカイに、オリバーは心配になってきた。大丈夫だろうか。これでも二児の父だというのに。

「僕は、生まれたときから王太子だし、世継ぎだからとアイラよりも多くのことを教えてもらっている。なのに、アイラみたいに誰からも好かれる人間にはなれないんだ」

　吐き出すと、カイは変な顔をした。

「……俺は、オリバー様を嫌っている人間なんて見たことありませんけれど。誰かになにか言われたんですか？」

「え？　だって。みんなアイラの方が好きでしょう？」

「アイラ様はあの性格ですからね。みんな微笑ましく思っているでしょうけど、それとオリバー様を嫌うのは、別の話じゃないですか？」

「……それは」

「アイラ様は優しく気立てのいいお姫様です。でも、国を動かすにはどうでしょうね。冷静に状況を見つめることができるかは少し怪しいのではないかと思います」

　たしかに、人から好かれるだけが王の資質ではない。王は冷静に、国を正しく導く力が必要だ。

「……あなたが見失っておられるのは、本当の自分の姿なんじゃないですか？　自分が持っている理想の国王像と、自分の資質が違うから、迷っておられるのでは？」

不思議と、カイの言葉はオリバーの胸にストンと落ちてきた。

「……僕は、父上みたいな王になりたいんだ。強くて、頼もしくて、人の気持ちも理解してあげられるような。だけど……」

全然理想通りになれない。口下手で、こうすべきだと思う理想があっても、そこにたどり着けずにいる。

「陛下ですか？　でも、昔の陛下はただ怖いだけでしたよ。人の話を聞いてくださるって感じはありませんでしたし、うかつに失敗したら斬られるって思っていました。今のオリバー様の方がいいですよ」

「嘘……」

意外だ。オリバーにとって、父は強くて優しい。生まれ持った武術の才能で周囲を引っ張り、弁も立つ。王とはこうあるべきだとオリバーは素直に思えたし、高くて越えられない壁として、尊敬と畏怖の念をもってオスニエルを見てきた。

近寄りがたい存在だなんて、感じたこともなかった。

カイはオリバーの驚きを物ともせずに続ける。

「陛下が変わられたのは、フィオナ様が輿入れされてからですね。それまでは自分の主張にこだわられるところがありましたが、よく話を聞いてくださるようになりました。ロジャー様も、物腰がやわらかくなったと言っておられましたよ」

「そうなんだ」

自分の知らない父の姿に、オリバーは心が揺らぐのを感じる。

ではいつか、自分も変われるのだろうか。自分の理想とする王になれるのだろうか。

「オリバー様はそのままでいいんじゃないですか？　その年齢で、これだけの剣技ができれば十分ですし、なにより俺は、話しやすくて好きなんですよ。オリバー様が」

「そう？」

「ほら、不敬とか言わないじゃないですか。陛下にこの調子で話しかけると、視線だけで殺されそうになります」

「なにそれ。あはは」

「本当ですよ。殺気が怖いのなんのって」

カイは、オリバーから剣を受け取ると、「今日はもう終わりにしましょう」と微笑んだ。

とくになにが解決したというわけではなかったが、カイと話したことで気が紛れた気がする。

「ありがとう、カイ」

「どういたしまして。迷っているときは、やみくもに鍛錬するのはよくないですよ。怪我をしてしまいます。そんなときはどうぞ、俺をお呼びください」

「うん」

カイと別れ、オリバーは後宮へと戻る。

けれど、オリバーの足取りはだんだん重くなってきた。戻れば確実にアイラと顔を合わせることになる。

あんなことを言ってしまって、アイラにどんな顔をすればいいのかわからない。

「キャン」

犬の鳴き声がして、立ち止まる。薄暗くて色の判別ができない。ドルフかリーフェかと思いながら見ていると、すぐ近くまで来て白い毛の子犬だということがわかった。

「リーフェ」

『オリバー、遅い』

リーフェはオリバーの足もとに来て見上げた。

「どうしたの?」

『アイラがうるさい。早く来て』

「アイラが? でも……」

リーフェは、まだ躊躇しているオリバーの服に噛みついて引っ張った。

『いいから、早く』

「でも、僕が顔を見せたって……」

『違うよ。オリバーが来なきゃ駄目なの』

服が破れそうな勢いで引っ張るリーフェに、オリバーは躊躇しつつ足を踏み出した。

「ただいま」

「どこ行っていたの、オリバー。遅いから心配したわ」

迎えてくれるのはフィオナだ。

「うん。ごめんなさい」

フィオナのうしろから、アイラがひょこりと顔を出す。目の周りが少し腫れていて、泣いたのであろうことがわかる。きっと、フィオナもふたりが口論したことはわかっているのだろう。

「……あの」

まだ言葉を見つけられないオリバーを制するように、アイラが一歩前に出た。

「おかえり、オリバー」

戸惑うオリバーの腕を掴み、「早く、ご飯」とぐいぐい引っ張る。

「う、うん」

「私、オリバーと一緒がいい」

泣かせたのはオリバーの方なのに、アイラはまだそう言ってくれるのか。

アイラが、自分の言葉をどんなふうに受け止め、どんなふうに傷ついたのか。考えると胸が痛くて、気持ちがぐちゃぐちゃになってしまう。しかも、謝れるほど気持ちの整理がついていない。それでも、ひと言だけ返すとするならば。

「うん。僕もアイラと一緒がいいよ」

離れたいと、思ったことはない。それは本当で、それだけは断言できる。

「……ならいいの」

アイラはぱっと顔を上げ、笑った。

あんなにひどい言葉を浴びせたのに、許してくれるアイラはすごいと思う。

うれしい反面、格の違いを見せつけられたような気もして、オリバーは気持ちが落ち込むのを止められなかった。

力を侮るもの

オリバーが部屋に戻ったとき、チャドは窓際で外を眺めていた。

『戻ってきたか』

「うん。チャドも戻っていたんだね。……さっきはごめん」

チャドは首を振り、ひげをぴくぴくと動かした。

『いや、いい』

「……ごめん」

オリバーは謝罪を繰り返した。今は自分がとても救いようのない人間に思える。心配してくれるのか、チャドはオリバーに寄り添うようにそばに来てくれた。

『あの娘……アイラとは、なぜケンカになったのだ？』

チャドにそう問われて、オリバーは答えに窮する。もやもやした気持ちが強くて、うまく言葉に表せる気もしない。だけど、チャドがじっと見ているので、オリバーはがんばって言葉にしてみようと試みた。

「そう……だね、僕が、アイラにチャドのことを内緒にしていたから……かな」

実際にはそれだけじゃない。ずっとかかえていた自分へのふがいなさが、アイラへの羨望へと形を変え、それを持て余したオリバーが、彼女にぶつけてしまったからだ。

『それだけで、あんなに怒るものか？』

「アイラとは今までなんでも分け合ってきたから」

『加護の力もか？』

「そう」

『ふむ』

チャドはうなずくと、オリバーの指にそっとひげをこすりつけた。

『なあオリバー、頼みがある』

「え？」

『お前にしかできないことだ』

オリバーはドキリとした。自分にしかできないことなど、あるだろうか。

「なに？　僕にできることなら、手伝うけど」

『お前の持っている加護の力――増幅能力を貸してほしいのだ』

予想外の返答に、オリバーは戸惑ってしまう。

「僕が増幅能力を持っているってどうして知っているの？」

『そばにいればわかる。お前といるときは体の中に力がみなぎったからな』

「そうなんだ。でも僕、力の使い方がよくわからないんだ」

増幅能力があるということは、フィオナから聞かされていた。しかし、増幅能力というのは、基本ひとりで使えるものではない。

オリバーは、何度かこの力を使っているらしいが、使っているときは無意識だ。どんなふうにすれば使えるのかもよくわかっていない。

ドルフもリーフェも、オリバーに助力を求めてきたことはないし、氷の力を持つフィオナも、人ならざるものを見る力を持つアイラも同様だ。この平和なオズボーン王国では、人智を超えた力を使わなければならないタイミングなどそうそうないのだから。

オズボーン王国はもともと聖獣に関する理解が少ない国だから、オスニエルもその力を前提にして物事を考えない。代わりに、武力や外交力で、オスニエルは国をしっかり運営している。

『お前は無意識に力の増幅をしているぞ。だから使い方に悩むことはない。……我はあまりに力が弱い。微弱に地面を揺らすくらいしかできないのだ。だから、お前の力を借りたい』

「えっ、でも……」

地面を揺らす力を増幅するなんて、危険ではないだろうか。

オリバーの表情に気づいたのか、チャドは神妙な様子で説明を始めた。

『お前は、この国が今、鉄鉱石の採掘に力を入れているのは知っているか？』

「うん」

鉄道を全土に走らせる計画があることは、フィオナとオスニエルの会話から理解していた。

『資源を有効利用するのは大事なことだ。しかし、物には限度がある。これ以上鉄鉱石が出ないとわかっている土地を、掘り続けるのはただの環境破壊だ』

「環境破壊……？」

『我はそれを止めたい。だから奴らに警告したいのだ。そのために、地震を起こしていた』

「地震……って、じゃあ、あの地盤沈下は」

オリバーの血の気が引く。

自然災害だと思っていたあれが、聖獣の仕業だとは思わなかった。

ドルフもリーフェも力の強い聖獣だけれど、人間のやることには興味がない。積極的に人にとっていいこともしないが、悪いこともしない、我関せずといった様子だ。

でも、聖獣の意思が人にとって悪い方に傾けば、こんな災害を引き起こすことだってできるのだ。

（……どうしよう。怖いことを知ってしまった）

「僕は、人を傷つけることには協力できないよ」

『人を傷つける気はない。ただ、あの場を掘り続ければ危険だということを、人間たちに示したいだけだ。あの程度の揺れで地盤沈下が起きるくらい、あのあたりは地盤が弱くなっている。そのことを知らしめたい』

「……もうわかっているんじゃないの。この間、地盤沈下が起きたんだから」

『だがまだ掘り続けている。我には、あの土地の悲鳴が聞こえるのだ』

オリバーは悩む。彼が言っていることが本当ならば、やはり止めるべきなのかもしれない。

「父上に聞いて……」

『人間に言って、理解などしてもらえるわけがない。お前だって、なにを言っているんだと変な目で見られるようになるぞ』

「大丈夫だよ。父上は……」

『この国の人間は、聖獣など信じていない。お前たちのような加護持ちは異端扱いされるはずだ』

「そんなことは……」

ないはずだ、とオリバーは言えなかった。

本当に理解され、あがめられる力ならば、ドルフは普段から聖獣の姿でいるだろう。フィオナもドルフもリーフェも、自分たちの力を隠そうとしているし、オリバーやアイラも人前で力を使わないようにと言われている。それは異端扱いされるのを恐れているからだ。

黙ってしまったオリバーの肩に、チャドが腕を伝って登ってくる。

『頼む、オリバー。お前の力を貸してくれ』

小さな頭がちょこんと下げられる。オリバーは、困惑の方が大きく、とても判断ができなかった。

「……少し、考えさせて」

結局、返事を保留にして、オリバーは眠りについた。

数日たっても、オリバーはまだ答えを見つけられない。そんなオリバーに、チャドは毎朝、開口一番に『なあ、頼む、オリバー』と言う。

彼が真剣なのはわかっている。それでも、オリバーは決断を迷っていた。

「ごめん、もうちょっと時間をちょうだい」

そう言って話題を変え、部屋を出る。

深いため息をつき、顔を上げると前にドルフが見えた。

「ドルフ！」

『おはよう、オリバー』

「あのさ、ドルフ、地盤沈下ってどうやって起こるかわかる？」

『いろいろな理由が考えられるが、お前にわかるように説明するには時間が足りないな。学校に行くのだろう？』

「う……」

『もたもたしているとフィオナが怒るぞ。気になるのなら、帰ってきてから説明してやるから』

「……うん」

オリバーは途方に暮れた気分になる。

仕組みを知ったところで、オリバーにそれを止められるわけでもない。一般的な事柄が、ベンソン伯爵の土地にあてはまるわけでもないのだ。

（地盤が固ければ大丈夫なのかな。それとも、人がいない時間を狙ってやるなら……いや、でも……）

考えても考えても、これが正解だという答えにたどり着けない。

オリバーは再び、深いため息を落とした。

＊＊＊

アイラは最近、歌の練習で帰りが遅い。先に帰っていてもらってもいいのだが、オリバーは剣術の練習をしながら待っていてくれる。

それはうれしいのだが、帰りの馬車で話しかけてもどこか上の空で、アイラはなんだか寂しくなる。

「オリバーが変。元気がないの。原因がなんなのか、ドルフとリーフェは知らない？」

ドルフとリーフェを部屋に連れ込んで、内緒の会議だ。アイラは議長よろしく胸を張ると、二匹の聖獣に問いかけた。

『アイラとケンカしたからじゃないの？』

リーフェがあっさりと思い出したくないことを言うので、アイラは不機嫌になる。

「それは仲直りしたもん。私のことじゃないよ。きっと、……そう、自信が持てないとか、そういうことで悩んでいるはず！」

『そんなこと言われてもなぁ』

『呼び出しておいてそんな話か、アイラ』

ドルフにあきれたように見つめられても、アイラはめげない。

オリバーの様子はあきらかにおかしい。大事な弟が困っているのだ。助けるのは姉の務めである。

「……助けてあげたいんだけど、私がなんか言うと、オリバー、嫌かなって思って」

先日のケンカが今も尾を引いていて、アイラはオリバーに関して手を出すことをためらっていた。そもそも、アイラに内緒にするということは、かかわってほしくないということだ。無理やり聞き出されるのは、きっと嫌だろう。

わかっているけれど、アイラはアイラで気になるから落ち着かない。

『少し放っておけばいいだろう』

あきれたように言うドルフに、アイラは負けじと食ってかかる。

「でも、間違いなく、悩んでいるんだよ！　それはわかるの」

『じゃあ、アイラが聞いてみればいいじゃん』

「それができないから困っているんでしょう！　……ううう。お願い。ドルフ、リーフェ」

アイラに泣きつかれ、ドルフとリーフェは顔を見合わせ、渋々うなずいた。

＊　＊　＊

あまりにアイラがうるさいので、ドルフとリーフェは後宮を抜け出し、ベンソン伯爵領へとやって来た。

『ここ、採掘場になっているんだね』

『ああ』

リーフェは空から採掘場を見て、鼻を鳴らす。どこか荒涼としていてあまり好きではない。人の手が入りすぎた場所という感じがする。後宮のように緑でも植えてくれれば少しは違うのだが、ここは岩場ばかりだ。

ドルフはリーフェに簡単に事の経緯を説明した。

最近のオリバーが悩みがちであったのは事実だということ。ここ数日、オリバーがなぜ地盤沈下が起こるのかとその仕組みを知りたがっていたこと。チャドとオリバーの間で、互いに探るような視線が交わされていること。

それで、チャドを拾った採掘場付近が怪しいと踏んで見に来たのだ。

リーフェは周囲を見渡すと、興味がなさそうに石ころを蹴った。

『でも、私にはオリバーが落ち込んでいるようには見えないんだけど』

『あいつは気遣い屋だからな。あまり人前で落ち込んでみせたりはしないだろうが。最近様子がおかしいのは本当だぞ？』

『ふうん。でもオリバーが隠しているなら、そのままにしておく方がいいと思うんだけど』

リーフェは人の心をおもんぱかることは苦手だ。オリバーが見せようとしないのなら放っておけばいいと思う。アイラは気にしすぎなのだ。

採掘場から少し離れたところに、傾いた作業員の宿舎がある。今は使われていないようで明かりはついていない。

『ここだ』

『オリバーがそのちっこい聖獣を拾った場所？』

『チャドだ。ネズミの聖獣だ。お前も一応オズボーン王国の聖獣なわけだが、まったく存在を知らなかったのか？』

『ルーデンブルグ以外の土地に興味なんてなかったもん』

ドルフとリーフェは地面に降り立つ。

リーフェは目をつぶり、ここら一帯の状況を探った。

鉱山の採掘場は、表層を広く階段状に掘り進めていく露天掘りと呼ばれる工法が使われている。それが途中で止まり、横穴が伸びているところを見ると、これ以上の下層には鉄鉱石がないと判断されたのだろう。その横穴は、この作業員の宿舎の方向に向かって伸びているようだ。

リーフェは地脈をたどってみた。

たしかに、鉄鉱石が採れるような岩石層は厚くない。すぐ下には砂礫《されき》の層がある。

『もとは、大きな湖のあった土地みたいだね。昔はここも聖域って呼ばれるようなところだったんだと思うよ。なにがきっかけかは知らないけど、埋められたのかなぁ。だから固そうに見えて、とっても地盤が弱いみたい』

リーフェが見解を述べると、ドルフは意外そうな顔で二度見した。

『お前、そんな能力もあったのか』

『感じるだけだよ。とくに便利な力じゃない。ルーデンブルグの湖を守るために、ずっと周辺の状態を探っていたから慣れているだけ』

『ふうむ。ちなみに、ここに鉄鉱石とやらはあるのか？』

『ううん。ないと思う。前はどうだか知らないけれど、少なくとも今はないよ』

リーフェは荒れた一帯を見やる。湖があった頃は、緑豊かな土地だったのだろう。ルーデンブルグに近しい空気が、奥底に眠っている。

『……ん？』

リーフェは地面の奥に、微かな光を感じた。縦方向にのみ意識を向けていると見つけにくいが、横方向に意識を向ければ、かなりの広範囲にわたっていることがわかる。まるで膜を張られているかのように、広く土地一帯に張り巡らされていた。

『なるほどな。チャドはその時代にも生きていたんだろうな。だから、この土地を清浄な状態に戻したいのだろう。……それだけわかれば十分か』

ドルフはひとり納得し、再び空へと駆け上がる。

『あ、待ってようー！』

慌てて追いかけたリーフェが、先ほど感じたほんのわずかな違和感について、深く考えることはなかった。

＊＊＊

チャドの頼みを聞くべきか否か、オリバーはまだ迷っていた。

(僕の増幅能力って、どのくらい効果があるんだろう)

国の発展のために、鉄が必要だとオスニエルは言っていた。だから、鉱脈を有する土地を持つ領主に補助金を出しているのだと。だとすれば、オリバーは王太子として、国に貢献できる行動をとるべきなのだ。

その一方で、チャドの言うことも理解できる。

鉄鉱石を掘るために山が切り開かれ、地面が掘り進められる。動物たちが暮らす場所が脅《おびや》かされているのも事実だ。

(もし本当にもう鉄が採れないのなら、これ以上の採掘は無駄なことだ。僕の力を使うことで、ベンソン伯爵がこれ以上の採掘をやめてくれるのは、国にとっていいことなのかな……)

「オリバー?」

突然うしろから声をかけられて、オリバーはびくりと体を震わせた。振り向くとフィオナがそこにいた。

「は、母上」

「おいしいお菓子があるのよ。こっちで食べない？」

「あ、……はい」

　フィオナがわざわざ誘いに来るのも珍しい。断るのもなんなので、うしろについて居間まで行くと、そこにはお菓子の皿が用意されていた。だがいつもと違い、ほかに誰もいなかった。

「アイラは？」

「今は忙しいみたい。先に私たちだけで食べましょう？」

　フィオナが侍女にお茶を頼み、すぐに湯気の上がったカップが並べられる。いつもならそのまま侍女が控えているのに、今日はすぐに席を外してしまった。

　フィオナとふたりきりになることなどほとんどないオリバーは、なんだか不思議な気分だ。

「お父様も視察先で元気にやっているそうよ」

「連絡があったの？」

「ええ。まだいろいろ調べることがあるから、滞在が長引くらしいわ。とりあえずここ数日は地震もないそうなので安心だけど」

フィオナの目がやわらかく弧を描く。アイラやオリバーの前では気丈に振る舞っていたが、夫のことが心配だったのだろう。

お菓子を食べて、お茶を飲んでいると、フィオナは優しいまなざしで、やわらかく問いかけてきた。

「オリバー。なにか困っていることでもあるの？」

「え？」

「最近、沈んだ顔をしているわ。少し心配になったの」

どうやら、今ふたりきりなのは、フィオナが仕組んだことらしい。

顔に出さないようにしていたつもりだったのに、気づかれていたのかと思うと気恥ずかしい。

妊娠中のフィオナに心配をかけたくはなかったが、今のように中途半端なままでも心配させてしまうだろうと、オリバーは曖昧に説明した。

「う……ん、ちょっと悩んでいることがあって」

「どんなこと？」

「友達の力になってあげたいんだけど、僕にできるのかなって思って」

「お友達が困っているの？」

フィオナは少し考え込んだ後、続けた。

「オリバーが、お友達のためにすることで悩むなんて珍しいのね。力になれないと思って悩んでいるの？」

「……協力することが正しいのかわからなくて」

〝増幅能力を使うか迷っている〟とは言えなかった。

オリバーは無意識に、フィオナに反対されるのを恐れていた。

心の半分は、チャドの味方をしたいと思っている。だって、自分を一番大切に思ってほしいと願うなら、自分も相手のことを一番に考えなければフェアじゃない。

「お友達がしているのは悪いことなの？」

フィオナは学校の友人のことだと思っているのか、きょとんとしたまま、質問を続ける。

「悪いことではない……と思う」

「でも悩んでいるのね。どうして？」

「それは……」

オリバーはそれきり、なにも言えなくなってしまった。

うつむいていると、フィオナが隣に座り、オリバーの背中を優しくなでる。

「オリバーは、そのお友達のことを、信じているの？」

「力になってあげたいって思っている。できれば僕の力にもなってほしいって」

「そうね。……だったら、力になってあげればいいと思うわ。その代わり、なにかが起こったらあなたも一緒に責任を取るのよ。……私はオリバーを信じているから、あなたが決めたことなら応援する。なにが起こっても、あなたを助けることを誓うわ」

「母上……」

オリバーは少しだけ背中を押された気分になった。

「……うん。ありがとう。母上」

「困ったことが起きたら、すぐに言うのよ」

オリバーは立ち上がりがてら、フィオナの膨らんだお腹をそっとなでた。

「うん。できるだけ心配かけないようにする。赤ん坊になにかあったら大変だし」

「この子も大切だけど、あなたのことも大切なのよ、オリバー」

躊躇なくそう返されて、オリバーは少しだけ泣きたくなった。

「……ありがとう、母上」

母親に感謝の気持ちを伝え、オリバーは居間をあとにする。

オリバーは部屋に戻ると、チャドの寝床を机の上に置き、椅子に座った。

「チャド、話があるんだ」

神妙な声色に、チャドはひょこりと寝床から顔を出す。

『なんだ？　ようやく協力してくれる気になったのか？』

「うん。だけど、僕らだけじゃ無理だと思う。チャドは僕を乗せられないでしょう？　現地に行くことだってできない。ドルフにも協力を仰がなきゃいけないと思うんだ」

『それは……そうだな。我ではお前を乗せていくことはできない』

チャドはそう言うと、しゅんと頭を下げた。

「僕が頼んでみるよ」

オリバーができるだけ明るい声を出してそう言うと、チャドはぱっと顔を上げた。

『本当か？』

「うん。それに、ドルフについていてもらった方が、安心だと思うし」

チャドはオリバーをじっと見ると、とてとてと近づいてきて、彼の手に頭をこすりつけた。

『お前は優しいのだな、オリバー。行き倒れていた我を拾い助けてくれただけでなく、こうして願いも聞いてくれるとは』

尊大な物言いの聖獣に感謝され、オリバーは居心地が悪くなった。

「そんなことないよ。僕は……怖いから、人に優しくしているだけだもん」

ポロリとこぼれた言葉は、自分で思うよりずっと、オリバーの本心を言いあてている。ひとつこぼしたら、次々と自分を卑下する言葉が湧き上がってきた。

「僕は、母上やアイラのように自然体で人から好かれることはない。だから、人に優しくしているだけなんだ。嫌われるのが、怖いだけなんだよ」

オリバーの言葉に、チャドは意外そうに首を傾けた。

『ふむ？　お前は強い聖獣の加護を受けている。聖獣は気に入った人間にしか加護は与えない。ちゃんと好かれているのだろう？』

「うん。でもほら、言ったでしょ、半分こだって。リーフェは僕よりアイラが好きだから」

『だが、ドルフもお前を大事に守っているではないか』

「ドルフは母上の聖獣だから。……母上が心配しているからだよ、きっと」

自分の言葉で、自分が傷ついていくのがわかる。みんなが自分を守ってくれても、それが自分のためだけにしてくれていることだとは信じられないのだ。

「僕は……誰にとっても一番じゃないから」

自分の言っていることが情けない。だけど本当はずっと心の奥底にその気持ちをかかえていた。苦しくて、息が詰まって、泣きそうになってしまう。

（リーフェが加護を与えてくれているのに、僕は僕だけの聖獣が欲しいって思っている）

そんなことを願う自分はあまりに失礼だ。わかっているから、口には出せない。

オリバーは決してリーフェが嫌なわけじゃない。アイラと分け合うことが嫌なわけでもない。ただ今は、自分だけのなにかが欲しくてたまらないのだ。

（まるでないものねだりの子供みたいだ）

オリバーが黙ってしまうと、チャドは彼の腕を駆け上り、肩にのった。

『お前が、なぜそんなふうに思うのかはわからないが、聖獣を誰かと共有するのが嫌なのならば、我の加護をやろうか』

「え？」

『我は今、誰にも加護は与えていない。本来、先に加護を与えた聖獣がいるのならば、重ねて加護は与えぬものだが、我くらい弱い力ならば、目こぼしもされるだろう』

オリバーは胸がドキドキしてきた。

自分だけに加護を与えてくれる。アイラと半分こじゃない。フィオナの子だからと面倒を見られるわけじゃない。オリバーだから加護を与えてもいいと言ってくれているのだ。

「ほ、本当？　僕だけの聖獣になってくれるの？」

『ああ。お前はいい奴だ。弱い我の力でもいいと言うのなら、加護を与えるのはやぶさかでない。だが、先に我の願いを聞いてもらえるか？　あの土地の件が片づかなければ、落ち着かないからな』

「もちろん！」

オリバーの中にあった迷いは、いつの間にか吹き飛んでいた。それくらい、チャドが加護を与えてくれると言ってくれたことがうれしかったのだ。

じゃあ、ドルフを呼んでくるね、と立ち上がり振り向くと扉が開き、偶然にもドルフが入ってきたのだった。

＊　＊　＊

オリバーが呼んでいるような気がして、ドルフは、オリバーの部屋を訪れた。

「ドルフ！　どうして？」

『呼ばれたような気がしたのだが、気のせいか？』

「ううん。今呼びに行こうと思っていたんだ」

オリバーはドルフを中に引き入れ、チャドとふたり並んで座ると、これまでの経緯を話した。

『つまり、お前はチャドの力になってやりたいと、言うんだな？』

「うん」

『で、チャド。お前はあの土地の採掘を止めたいと』

『そうだ』

ひとりと一匹は、真剣なまなざしでうなずき合う。

（なんだこいつら。いつの間に仲よくなったんだ？）

ドルフは少し苛立ってきた。チャドはずっとオリバーを警戒していた様子だったのに、自分の知らぬ間に仲よくなったのかと思うとなんだか気持ちが波立つ。

（いや、ここで苛立つのは大人げないか）

ドルフは室内をとことこ歩いた後、ぽつりと告げる。

『……チャドの力は本当に微弱ではあるが、地盤沈下が起きた土地だぞ？　危険なことには変わりはないだろう。採掘を止めるにはもうちょっと別のやり方があるんじゃないか？　オスニエルにもう一度調査をするよう、進言してみるとかだな』

「そうだよね……」

予想通り反対されて、オリバーは頭《こうべ》をたれる。しかしチャドはあきらめきれないのか食い下がる。

『頼む。我はこれ以上、あの土地を荒らされるのはまっぴらだ。平和に暮らしていたのに、勝手に掘り起こしているのは人間の方だ。どうして我らの住処が荒らされなければならないのだ』

チャドの言い分にも一理ある。人間は文明を持ち、まるでこの世界を統べているかのように振る舞っているが、この大地に暮らしているのは、人間だけではない。

チャドは必死にドルフに訴えた。時折、オリバーに助けを求めるように視線を送り、オリバーも必死にチャドを援護した。

「お願いだよ、ドルフ。父上は鉄が欲しいんでしょう？　だったら、鉱山の閉鎖には応じてくれないと思うんだ。だけど、人命がかかわるとわかれば、絶対にやめてくれると思う」

『オリバー、お前な』

「だって、僕にはこれくらいしかできないんだ！」

オリバーの拳が、小さく揺れている。珍しく激高するオリバーに、ドルフは目を見張った。

(ずっと不安そうにしていたな。たしかに)

なぜかオリバーは、自分には価値がないと思っている。フィオナやアイラがそんなことはないと言っても、どうしても信じられないようだ。

(……少し、好きなようにさせて、自信をつけさせてやるべきなのかも知れないな。もしなにかがあったとしても、俺がついている限りは守ってやれるし、最悪時を戻せばいい)

「僕、チャドの力になってあげたい。一度、チャドの気が済むようにさせてあげたいんだ。それでも駄目なら、今度は僕が、父上に話してみるよ。うまく説得できるかはわからないけど」

オリバーの主張に、ドルフもついに引き下がった。

『いいだろう。ただ、一度狭い範囲で試してみることだな。オリバーも増幅能力を使いこなせているわけではないだろう?』

「うん」

『うむ』

『城では試せないから、移動しよう』

チャドはオリバーの肩に乗り、オリバーはそのままドルフに乗った。

＊　＊　＊

ドルフは時を止め、人がいない近くの台地へと移動する。

『ここならいいだろう。チャド、オリバー、試してみろ』

オリバーはチャドを見る。

小さなネズミは地面に降り立ち、目を閉じてひげをぴくぴくと動かす。すぐに微弱な揺れを感じた。

「わっ、揺れた」

『オリバー、チャドの力を増幅してみろ』

「う、うん」

意識して増幅能力を使うのは初めてだ。オリバーは呼吸を整えてそっとチャドの体に触る。

「わっ」

途端に、揺れが強くなる。バランスが取れず不安になるが、立っていられないわけでもない。

『よし、止めろ』

ドルフの声に力を抜く。オリバーは、気だるさを感じた。運動した後の疲れとは種類が違い、体の中心部から体力を搾り取られたような感じだ。

「結構疲れるね」

『暴走しないで済むから、少し疲れているくらいの方がいい。どうだチャド。増幅できるのはこの程度だ。これでもいいのか？』

『そうだな。オリバー、地震は怖かったか？』

「うん。地面が揺れるって不安になるものだね」

『皆がそう思ってくれればいい。このくらいで十分だろう』

小さな体を折り曲げてうなずくチャドを、オリバーは手にのせた。

「じゃあ行こうか。チャド」

『うむ』

オリバーとチャドは再びドルフに乗せてもらい、飛び立った。

やがてベンソン伯爵領に入る。空から眺めてみると、鉱山からそれほど離れていない場所に町がある。大きな建物を中心に、同心円状に民家が広がっていて、まだ明かりがついている家が、いくつもあった。

「大きな建物があるね」

『あれがベンソン伯爵の屋敷──領主館だ』

「意外と近いんだ」

『オスニエルも領主館に滞在しているんじゃないのか？』

視察中の王の滞在場所といえば、伯爵邸が一番ふさわしい。

「見つかったら怒られるね」

『移動中は時間を止めているから大丈夫だ。それに、お前が夜の散歩に出ていることくらい、オスニエルもフィオナも知っているぞ』

「えっ、そうなの？」

『部屋に石があれだけ増えていれば、誰だってわかるだろう。俺が一緒だから黙認されているだけだ』

実際には、ドルフはフィオナには怒られているわけだが、それは内緒だ。

「そっか、知られてたんだ……」

オリバーは恥ずかしそうに頭をかいた。

『それよりチャド、どのあたりに下りればいい』

『そのへんでいい』

チャドが指した場所は、オリバーとドルフが以前石を拾った、採掘場の近くだ。

「ここでいいの？」

『ああ』

チャドは地面に降り立つと、「チュチュ」と小さく鳴きながら周囲を歩き回った。

「チャドは、この土地にずっと住んでいるの？」

『ああ、そうだ。昔からな』

「ここ、聖域には見えないけど……」

聖獣が住む場所は、空気の清浄な自然の多いところだと聞いている。ここはかなり人の手が入ってしまった印象があり、聖獣が居つく土地には見えなかった。

『聖域だったときもあったのだ。俺がまだ若く、ここに小さな王国があった頃だがな』

昔を懐かしむようなチャドの言動に、オリバーは少しだけ違和感を覚えた。

オリバーは改めて広大な土地を眺める。山が削られ、大地が掘り起こされ、あちこちに作業人のための休憩施設がある。たとえば地震で脅して採掘をやめさせたとして、ここが再び聖域と呼ばれるようになるだろうか。

(……そのためには百年単位で時間がかかるんじゃないかな)

山を切り開いた人間が悪くないとは言わない。でも人間も生きていくために必要だから、土地を切り開いている。チャドが今さらここを取り戻すことが本当に正しいのか、オリバーは少し疑問に思えてきた。

「……チャド」

『ここがいい。さあ、オリバー』

「う、うん」

チャドが先ほどと同じように、地面に前足をあてる。

オリバーは不安に駆られて、一瞬振り返った。ドルフがちゃんと見ているのを確認し、チャドに手を伸ばす。

『力を、オリバー』

「う、うん」

地面が軽く揺れ始める。オリバーはゆっくりと目を閉じた。

視界が真っ暗になると、オリバーにはチャドの力が光の塊のように感じられた。

それが、自分の力の影響を受け、広がっていくのが感じられる。

（……あれ？）

同じような光が、吸い寄せられるように、地面の底から自分たちの方へと向かってくる。

「え、なにこれ」

オリバーが怖くなって、手を離そうとした直前、光が重なってチャドの力が突然大きくなった。地面の揺れが急に激しくなる。

見ると、チャドが金色に光っている。それに、心なしかいつもより大きくも見えた。オリバーがチャドに気を取られた瞬間、彼の中からぐっと力が吸い取られた。

『ん、いかん！』

ドルフも異変に気づいたようだ。が、遅い。

チャドは、過度に増幅された力をそのまま放出する。瞬間、地響きがし、オリバーは全身が揺さぶられるような激しい衝撃を感じた。

「うわあっ」

『危ない、オリバー』

ドルフはすぐにオリバーを背中に乗せ、飛び上がる。ドルフの背中にしがみついたオリバーは、目をつぶったまま、ものすごい破壊音を聞いた。

「え?」

『見るな、オリバー』

ドルフが止めたが、オリバーは目を開けてしまった。そして、見るにたえない光景を目にしてしまったのである。

領主館をはじめとする周辺の建物が崩れ、白い煙を上げている。地面に亀裂が入っているところもあり、鉱山の入り口からは、水が噴き出していた。

「なにこれ……。ち、父上は？」

領主館にオスニエルがいるかもしれないと思い至ったオリバーは、そちらに目を向けた。

領主館は完全につぶれていて、周囲の建物から避難して外に出たと思《おぼ》しき人間たちが救援のために集まってきている。

「嘘だ。どうして。……父上！」

『くっ、なんだこの力は。途中から急に増えたぞ?』

ドルフが悔しそうに言うが、オリバーの耳には入ってこなかった。

「父上、……どうしよう、僕」

崩れ落ちた建物から、多くの人々が逃げ出してくる。火災が発生したようで、焦げくさいにおいが漂ってきた。怪我人が多く出ているのか、暗闇の中、助けを呼ぶ怒号が飛び交う。

「う、うわあああっ」

オリバーはパニックになった。

目の前で起こっている出来事が、現実のものとは思えない。だけど、聞こえてくる悲鳴や、焦げくさいにおいが、これが間違いなく現実のものであると、オリバーに告げてくる。

「王、早く、王を救出するのだ」

聞こえてくる声から、オスニエルに危機が迫っているのだとわかる。

「どうしよう、ドルフ、下ろして。父上を助けなきゃ」

オリバーは興奮し、ドルフの背中で暴れた。

『危ない、じっとしていろ』

「嫌、嫌だぁっ」

興奮したオリバーはそのままドルフの背中から落ちてしまう。

思考が停止し、死の恐怖を間近に感じたその時、あたりが真っ白になった。

気がつくと、オリバーは地面に立っていた。

突然の景色の変化に瞬《まばた》きをする。水が噴き出していたはずの鉱山は、さびれた雰囲気でひっそりと静まり返っているし、先ほど崩れたのを確認したはずの建物は、ちゃんと遠くに建っている。

「……ど、どうして？」

銀色の光に包まれた狼が、戸惑い、慌てるオリバーを痛ましそうに見ている。

『時を戻した。三十分ほど……惨劇が起こる前だ。だが、咄嗟のことだったので、お前を中心に戻してしまった。記憶があるだろう。すまない』

ドルフがわずかに頭をたれる。オリバーは先ほどの惨劇を思い出して、足がすくんだ。動けなくなり、力が抜けたように地面にへたり込む。

「ぼ、僕……」

オリバーを慰めようとするドルフに、チャドが食いつく。茶色の毛並みが、淡く光っていた。

『時間を戻す……だと？　そんなことができるのか？　すごい力だ。その力があれば』

興奮したように叫ぶチャドを、ドルフはぎろりと睨んだ。

『お前、さっきの力はなんだ？　あきらかに強かっただろう。オリバーの増幅能力のせいだけじゃない』

『教えたら、お前の力を貸してくれるか？』

『馬鹿を言うな。俺は誰の命令にも従わない』

『では、我も断る』

『……殺されたいのか？』

チャドとドルフの間に、殺伐とした空気が漂う。

それを見ながら、オリバーはようやく理解が追いついてきた。

どうやら、ドルフが時を戻してくれたおかげで、あの惨劇はなかったことになったらしい。

唸《うな》るような地響きと、崩れ落ちる建物、逃げ惑う人々。その光景が一気に頭の中によみがえり、オリバーの体が震えてくる。

「う、うわああああっ」

「嫌、嫌だぁ」

『オリバー！』

『落ち着け！』

首のあたりに鋭い衝撃を覚え、オリバーは一瞬息ができなくなった。

「ドル……フ……？」

『大丈夫。なにもなかったんだ、オリバー』

痛ましそうにこちらを見つめるドルフの姿が、だんだんぼやけていく。

オリバーはそのまま意識を失った。

＊　＊　＊

ドルフは、ショックでパニック状態になっているオリバーを、うしろ足で蹴り、気絶させた。

そして背中に乗せ、チャドを睨む。

『お前にも聞きたいことがある。ついてこい』

『……わかった』

チャドは迷いを見せつつもうなずき、ドルフの背中へ乗ってくる。

再び空に飛び上がり、今は静かに夜の眠りに落ちているベンソン伯爵領を眺めながら、ドルフは後悔した。

（やはり俺が、止めてやるべきだった。オリバーが地震を起こして喜ぶはずなどない

のだから）

今日の出来事が、優しい少年の心にどれほどの傷をつけたのか、想像するだけで胸が痛い。

ドルフ自身は、人間どもがどうなろうとかまわない。自分の気に入っている人間が無事で元気でいればそれでいいのだ。

今ドルフが人間の味方をしているのは、フィオナが王族として国民を大切にしたいと言っているから仕方なくだ。

『……噛み殺してやりたいくらいだ』

『我をか？』

『あたり前だ。オリバーが望まないほどの惨劇を起こして、なにをしたかったんだ？』

『あの土地は、我の力で守っている。どうやらその一部が引き寄せられて我のもとに戻ってしまったようだ。……悪気はない。あそこまでの惨劇を起こすつもりじゃなかった』

チャドは肩を落とす。

どうやらチャドにとっても、先ほどの力の放出は予想外ではあったようだ。

力を取り戻したせいか、チャドの体は、今までよりもひと回り大きく、毛並みも茶色というよりは金色に近くなっている。

『この土地の守りも敷き直さねばならん』

ドルフは、チャドの行動に引っかかりを覚えた。

かつてここが聖域と呼ばれるほど聖力にあふれた土地だったとすれば、チャドがそこを取り戻したいと願うこと自体は理解できる。

しかし、現状は、聖域にはほど遠い。本当に聖獣が守っていたならば、その姿を失うことなどなかったはずだ。

『すでにここまで荒れた土地を、聖域と呼ばれる状態まで戻すことは不可能だろう？鉄鉱石の採掘をやめさせたいのは、これ以上、土地を荒れさせないためだからと理解できるが、守りを敷き直す意味はなかろう。そもそも守りきれていなかったのだから』

チャドはしばらく黙っていた。ドルフは返事を待たずに続ける。

『聖域を守れぬほど弱くなったお前に、この土地に対して口を挟む権利などないのではないか？　支配者が変われば、土地もそいつのものだ。力が絶対である世界で生きている俺たちは、力をなくせば敗者に変わる。土地が壊されようとも、口を挟む権利などない。お前になにが弱くなったことがすべてだ』

『お前になにが……』

チャドは一瞬、ドルフに反論しようとしたが、やがてあきらめたように黙った。

『……オリバーは、大丈夫か？』

『大丈夫じゃなければ、お前を殺してやる』

ドルフが殺意を込めてそう言うと、チャドは毛を逆立てたまま、体を丸めて黙り込んだ。

＊　＊　＊

ガタンとなにかがぶつかるような音がして、フィオナは浅い眠りから覚めた。

暗闇の中、淡い銀色の光が見えて、フィオナは飛び起きる。

「ドルフ？」

よく見るとドルフの背中にはオリバーが乗っていた。だらりと手を伸ばしているところを見ると、意識はなさそうだ。

「どうしたの？　オリバーになにか……」

『無理するな。そんなにすぐ動けないだろう』

駆け寄ろうとするフィオナを止め、ドルフは彼女のベッドの空いたスペースに、そっとオリバーを下ろした。

「いったいどうしたの？」

『事情はあとでゆっくり説明する。とりあえずはオリバーを寝かせてやってくれ』

オリバーは夢を見ているのか、時々眉をひそめ、冷や汗を流している。

フィオナはうなずき、オリバーの服の首もとをはだけさせ、楽に呼吸できるようにした。くんであった水でタオルを濡らし、砂埃《すなぼこり》で汚れた彼の顔を拭く。

「なぜこんなに苦しそうなの？」

『ショックな光景を見たんだ。パニックになりそうだったから眠らせたんだが』

「夜の散歩で、いったいどうして……」

その時、フィオナは部屋の隅にいる小さな生き物に気がついた。

「……ネズミ？」

淡く金色に光る体毛は、聖獣の証だ。

「聖獣なの？」

『ああ。チャドという。こいつがそもそもの元凶だ』

ドルフが始めた説明を、フィオナは黙って聞いた。

オリバーが、ドルフとの夜の散歩中にチャドを拾ったこと、チャドに興味津々だったこと。ベンソン伯爵領の地震はチャドが起こしたものだということ。そして、チャドに協力を求められ、やや強力な地震を起こしに向かったこと。

オリバーは、時折うなされていて、フィオナが手を握ると、無意識だろうが強く握り返してきた。

フィオナは、苦しそうなオリバーを見て、胸がかきむしられるような思いがした。

「オリバーが言っていた友達って、あなたのことなのね。チャド」

『……友達？』

チャドが、暗い表情で、聞き返す。

「そうよ。友達の力になってあげたいって言っていたの。でも迷っているって。地震を起こすための協力を求められていたのなら、悩んで当然ね。……もっとちゃんと話を聞けばよかった。私、あの子の背中を押してしまったのよ。友達ならば、力になってあげるといいって。どんなことになっても一緒に責任を取るから、思うようにやってみなさいって」

『そんな話をしていたのか』

ドルフが意外そうな顔をした。

「オリバーが相談してくるのは珍しいから、あの子の心のままに動いてほしかったの。

それが結果として、この子をこんなに傷つけることになるなんて」

苦しそうに呻くオリバーを、フィオナは潤んだ瞳で見つめた。落ち込んでいるのが伝わるのか、ドルフが背中に顔をこすりつけてきた。

『自分を責めるな。俺も同罪だ。オリバーの増幅能力をもってしても、人や建物への被害が出ない程度の力だと、確認してからおこなったんだ。あの場で、チャドの力が突然増えたのは予想外だった』

「チャド、あなたは知っていたの？　オリバーを騙したの？」

フィオナの問いかけに、チャドはゆっくり首を振る。

『……オリバーを騙したつもりはない。本当に、脅し程度の地震を起こすだけのつもりだったのだ。地下の守りに使っていた我の力が戻ってきたのは、予想外だった』

「そう。ならいいわ」

さらりと流され、チャドは近寄ってフィオナを覗き込む。彼女は唇を噛みしめて涙をこらえていた。

「ドルフのおかげで被害はないのでしょう？」

『オリバーの精神以外はな』

「仕方ないわ。……自分の力が及ぼす影響を自覚するのには、必要なことだもの。この子が立ち直るまで、そばにいるわ」

「うう……」

ふと、オリバーが呻く。

「オリバー、大丈夫？」

「はは、……うえ。ち、ちうえが、僕……」

「お父様は大丈夫よ。強いもの」

「僕の……せい。みんな、傷つけて……ごめ、……なさい」

オリバーの瞳から、涙がポロリと頰を伝う。

フィオナも泣きたい気分だ。どちらかと言えば優等生気質で手のかからないオリバーが、こんなにも心を痛めている。

「大丈夫よ。オリバー。母様はここにいるからね」

オリバーの手を握って言い聞かせる。

「とにかく、今日はここまでにしましょう。ドルフもありがとう。疲れたでしょう」

『フィオナも寝ないと体に悪いぞ』

「ええ。でも一日くらい無理しても平気よ。この子がうなされているうちは、そばにいて安心させてあげたいの」

フィオナは椅子を持ってきて、ベッドのそばに置き座った。

『……お前は、グロリアに似ているな』

チャドがぽそりと言い、フィオナは聞いたことのない名前に首をかしげる。

「グロリア？　……誰？」

『勝手な感傷だ。気にするな』

「……わかったわ」

『オリバーが元気になること、我も願っている』

チャドはそう言うと、こそこそと部屋を出ていった。

ドルフはフィオナのそばにドンと陣取る。

「ドルフも休んでいいわよ」

『今のお前たちを放っておけるわけがなかろう。そうでなくても、今晩のことをオスニエルに知られたら殺されそうだ』

「……ドルフなら勝てるじゃない」

『悪かった自覚はあるから、一発くらいは文句を言わずに受けるつもりだ』

ドルフはそう言うと、フィオナの頬をぺろりと舐める。急に涙があふれてきて、フィオナは慌てて手で隠した。

「大丈夫よね。オリバー」

『ああ。そこまで弱い子ではないだろう』

「……あの時、止めていればよかった」

『それは俺も同じだ』

フィオナはドルフの体毛に包まれながら少しだけ泣いた。母親になってから、久しぶりに流した涙だった。

ふさぎ込む心と引き出す心

アイラが違和感に気づいたのは、朝食の席でのことだった。

いつもなら同席するはずのオリバーがいない。部屋に迎えに行ってもいなかった。

オロオロしたままシンディを問いつめていると、フィオナが寝室から出てきてアイラを抱きしめた。

「母様、オリバーは?」

「オリバーは具合が悪くて、母様の部屋で寝ているの。今日は学校を休ませるから、あなたは行って、先生やお友達にも伝えてくれる?」

「具合が悪いの? 私、オリバーに会いたい」

フィオナには止められたが、アイラはせめて顔だけ見たいと訴えて、フィオナの部屋を覗いた。

オリバーは上半身起き上がっていたが、ぼうっとしていた。アイラに気づいていないのか顔も上げない。目の前にある食事にも全然手をつけていないようで、ただ、斜め下の一点をじっと見つめている。

「オリバー……」

「アイラ、とにかくいってらっしゃい。オリバーには母様がついているから心配しないで」

「……うん」

アイラはうしろ髪を引かれる思いで、城を出た。

いつものように馬車に揺られていても、変な気分だ。いつだってオリバーと一緒だったから、アイラには不安なことなんてなにもなかった。なのに今は、胸がざわざわして落ち着かない。ひとりになるだけで、こんなに心細くなるとは思わなかった。

「ああー。嫌。どうしちゃったの、オリバー」

普通の病気なら、オリバーはアイラのことを無視したりしない。返事もできないくらい憔悴《しょうすい》しているのならば、なにかがあったのだ、昨日。

「あとでドルフを取っつかまえて聞かなきゃ」

ひとりで散々しゃべったところで、相づちを打ってくれる人はいない。アイラはなんだか泣きたい気分になってきた。

「ううう。いったいオリバーになにがあったの。こんなこと、今まで一度もなかったのに」

アイラはパンと頬をたたき、唇を噛みしめる。

「泣いたりしないんだから！　私がオリバーを助けなきゃ！」

学校に着き、ひとりで馬車を降りるアイラを見て、レナルドとエヴァンが駆け寄ってくる。

「アイラ様、今日、オリバー様は？」

「オリバー、今日は具合が悪いんだって」

「珍しいなぁ」

「今日はグループワークがあるから、いてほしかったのに」

レナルドの言い草に、アイラはむっとする。

「オリバーは便利屋じゃないのよ。オリバーにばっかり頼らないで！」

イライラしているから、攻撃的になってしまう。レナルドは不満げに唇を尖らせた。

「アイラ様だって、いつもオリバー様に宿題見てもらっているじゃん」

「それはそうだけど……。あれはオリバーがいいって言うから」

「俺たちだってそうだよ。オリバー様の方から教えてくれるんだし」

「わ、私たちがそんなんだから……！」

泣かないと決意したばかりなのに、アイラの涙腺《るいせん》が緩む。すると、それを見たマーゴットとエミリアが駆け寄ってきた。

「レナルド様、エヴァン様、アイラ様になにをしているの！」

「俺たちはなにも」

「泣きそうになっているじゃありませんか！」

かばってくれる友達が来てくれたおかげで、なんとか涙を引っ込めることができた。

「マーゴット、エミリア。違うの。いじめられているわけじゃないよ」

「そ、そうだよ」

一応弁明したが、エミリアは信じていないようだ。

「行きましょ。アイラ様」

ツンとそっぽを向いて、アイラの肩を抱いて歩きだす。

「……うん」

アイラもそれ以上かばう気力はなかったので、彼女についていく。すると、背中に「ちぇっ」と拗ねたようなレナルドの声がした。

（なんか、朝からギスギスしちゃったな）

友人たちがこんなふうに気まずくなることは珍しく、アイラの気分はますます重くなる。

(オリバーがいたらな)

オリバーは決して目立つ存在ではない。会話の主導権も握らないし、声を荒らげることもない。いつもにこやかに微笑みながら、その場にいるだけだ。そんな彼を評して、「次期国王としては頼りないのではないか」と陰口をたたく者もいる。

(でも、オリバーがいると、ケンカが起きないんだよ)

オリバーは人を和ませる。ケンカが起こりそうなときも、やわらかい物言いで人と人の間を取り持ってくれる。

人には気づかれにくいオリバーの存在価値は、彼がいないときにはっきりと証明されるのだ。

アイラにとって、この日の授業はいつもより長く感じられた。

一刻も早く城に戻り、ドルフを問いつめたかったのだ。帰りの挨拶さえもどかしい。

授業が終わるとすぐに立ち上がったが、教室の入り口で、マーゴットが待ち構えていた。

「アイラ様、あのね……私」

「マーゴット、ごめんね。私、オリバーが心配だから、今日は帰る！」

マーゴットには悪いが、今日はゆっくり相談に乗っているような心の余裕はない。

アイラは一も二もなく教室を飛び出した。

いつも待たされている馬車の御者は、あまりに早いアイラの登場に、驚いたようだ。

「アイラ様、なにかあったんですか？」

「オリバーが心配だから帰るの！　早く！」

「はっ！」

御者はアイラが座ったのを確認すると、すぐさま馬車を動かした。


その日は、速度を上げてもらったため、馬車はいつもより揺れた。着いた頃には、アイラは少しだけ馬車酔いをしてしまった。

転がるように後宮に戻り、フィオナの寝室に入る。

「お母様、オリバーはどう？」

「アイラ。おかえりなさい。早かったわね」

オリバーはまだフィオナの部屋にいた。朝と同じ姿勢だ。起きてはいるけれど、視点が定まっていない。

「オリバー、ご飯食べてる？」

心配で尋ねるとフィオナは首を横に振った。

「食べなきゃ死んじゃうよ」

「そうね。でも、無理やり食べさせても吐いてしまうから。……もう少し私に任せてくれないかしら。今のオリバーには、時間が必要な気がするの」

「……うう。わかった」

アイラはもどかしかった。オリバーのためになにかをしてあげたいのに、できることが思いつかない。

自分の知らないところで、オリバーにいったいなにがあったのか。あの優しいオリバーをここまで憔悴させるなんて。

「こうなったら、やっぱりドルフに聞いてみないと！」

アイラはドルフを捜して、後宮中を走り回った。いつもなら居間かフィオナの寝室で昼寝をしているのに、今日に限ってどこにも見あたらない。

「はあ、はあ、どうして？　リーフェもいないなんて、もしかしてふたりとも私から逃げ回っている？」

一度疑心を覚えたらそう簡単には消えない。必死に捜し回り、それでも見つけられなかったアイラは、オリバーの部屋に勝手に入ることにした。

「ここになにかヒントがあるはず……」

罪悪感はあれど、今はそれどころじゃない。

「ごめん、入るよ、オリバー」

いつもの見知ったオリバーの部屋だ。ドルフもリーフェもいない。ただ、机の上に置かれた籠の中で、ネズミが寝ていた。

しかも、ネズミは前に見たときよりも大きくなっていて、毛色も茶色ではなく金色っぽくなっている。

「ちょっと起きてよ。えっと、チャドだっけ」

思えば、この子のせいでオリバーとケンカにもなったのだ。理不尽な怒りが湧き上がってきて、アイラはしかめっ面でネズミを引っ張り上げる。

『うわっ』

チャドは目を開け、驚いたようにアイラを凝視した。

『お前は、オリバーの！』

「アイラよ。あなたね、オリバーをあんな目にあわせたのは！」

じろりと睨むと、チャドはぷいとそっぽを向く。その態度に、アイラの怒りは爆発した。

「どうしてくれるのよ！　オリバーが壊れちゃった。どうして？　全然笑ってくれないのよ。嫌だよ、あんなの」

チャドは答えない。アイラは悔しくてたまらず罵声《ばせい》を投げつける。

「馬鹿、馬鹿、馬鹿。オリバーを治してよ！」

『なにをやっているんだ』

『落ち着きなよぉ、アイラ』

声を聞きつけたのか、そこへ、ドルフとリーフェがそろって入ってきた。二匹の姿を見た途端、アイラの体から力が抜けた。

「リーフェ、ドルフ。……うわぁん」

糸がプチンと切れたように、涙腺が決壊して涙が止まらない。

「オリバーが。……オリバーがぁ」

そこから、アイラは二匹がなだめても泣き続けた。

チャドは困ったようにオリバーに面差しの似た彼女を見つめ続ける。

「チュウ……」

絞り出せたのは、わざと発したネズミの声だけだった。

『落ち着いたか』

結局、アイラが落ち着いたのは、二十分後だった。

『子供みたいだねぇ、アイラ』

リーフェが尻尾で彼女の背中をなでると、「私はまだ子供よ！」とアイラがわけのわからない反論をする。

アイラは鼻をすすると、じろりとドルフを睨む。

「ドルフ、知っているんでしょ？　説明して。オリバーになにがあったの？」

『うーん。結構ショッキングな内容だぞ？　本当に知りたいのか？』

普段尊大な態度ながらも基本は甘やかしてくれるドルフがそう言うので、アイラは一瞬たじろいだ。

『聞いたらお前もつらくなるかもしれない』

「オリバーみたいに？」

ドルフが神妙にうなずく。アイラは少し考えたが首を横に振った。

「そこまでつらいことがあったなら、余計聞かなきゃ。私がオリバーのつらさを分け合わないなら、ほかに誰がするっていうの」

涙目でアイラがそう言うと、ドルフとリーフェは顔を見合わせてため息をつく。

『……わかった』

ドルフは納得し、アイラに昨日の一部始終を伝えた。

チャドが自分の生きる土地を守るために、地震を起こしていたこと。しかし、ベンソン伯爵が採掘をやめなかったため、さらなる脅しを与えるつもりで、チャドがオリバーの増幅能力を借りようとしたこと。それに応じたオリバーがチャドの力を増幅した途端に、地中にあった力がなぜか加わり、ドルフさえも予想できないほどの被害になってしまったこと。その時、オリバーはオスニエルがいたと思しき建物が崩れたのを見てしまったこと。

聞き終えたアイラは、息をのんで絶句した。しかし、奮い立たせるように再び口を開く。

「で、でも、ドルフが時間を戻したんでしょ？　父様、無事なんだよね？」

『ああ。だが、うっかり、オリバーを中心に戻してしまったんだ。だからあいつの記憶にははっきりと残っている。時を戻したから被害はないと伝えてあるし、オスニエルも無事なはずだ。だが、心がついていかないんだろう』

「もうー。チャド！　どうしてそんなこと頼んだのよ！」

アイラにも責められ、チャドは体を屈め、金色に淡く光る体を小さく丸めた。

『……だ』

「え、なに?」

『我は我の土地を守りたかっただけだ！　それに、みんな我だけが悪いように言うが、あいつが我の願いを聞いたのは、寂しかったからだぞ！』

チャドの反撃に、みんなが動きを止める。

『自分が優しいのは、嫌われるのが怖いからだと言っていた。我が加護をやろうと言ったら、喜んでいた。自分だけの聖獣ができるとな。……お前たちが、不安にさせていたんだろう。だからオリバーは、我などの言葉にうなずいたんだ』

「オリバーは誰にだって優しいわよ！　勝手なこと言わないで！」

反論しつつ、それでもアイラの胸にはとげが刺さったような感覚があった。

『みんな、アイラの方が好きだから』と言ったオリバーは、ずっと不安をかかえていたはずだ。気づいていてなにもできなかったのは、ほかならぬ自分自身ではないか。

『オリバーに加護を与えているのは私だよ?　なんでチャドなんかの加護を欲しがるの?』

リーフェもぷんぷんと怒りだす。

『うるさい！　お前たちがオリバーを不安にさせたんだろう』

「もうっ、チャドなんて嫌い！」

アイラは、チャドを掴むとベッドに投げつけた。

『ふぎゃっ』

クッションのやわらかいところに飛ばされたので怪我はないものの、不満げに起き上がったチャドは、不思議そうな顔をしているアイラと目が合った。

「欠けてる……？」

『は？　なにがだ？』

アイラはチャドを触った瞬間、〝なにかが足りない〟と感じた。

「ねぇ、リーフェ。チャドってなんか変じゃない？」

『知らないよ、こんなネズミ！』

リーフェはまだ怒っていて、『ぷんぷん』と言いながら出ていってしまう。

「あ、待ってよ、リーフェ」

『この暴力娘め！』

アイラが追いかけようとすると、背中にチャドのそんな声がぶつけられる。

「うるさいわね。オリバーの痛みはこんなものじゃないのよ、馬鹿！」

アイラも怒ったまま出ていってしまう。

チャドはベッドの上で転がったまま、ドルフをじろりと見る。

『……お前も助けんか。年寄りはいたわるものだぞ』

『悪いが、俺も今は機嫌が悪い』

ドルフも言葉少なに、部屋を出ていった。

＊　＊　＊

オリバーが放心状態になってから、三日が過ぎた。

オリバーは時折体を起こし、スープなどの咀嚼《そしゃく》のいらないものならば口にしたが、あとは横になっているばかりだ。

夢の中では大地震の光景が繰り返されているらしく、寝言で何度もオスニエルを呼んでいる。

フィオナはうっすら目を開けているだけのオリバーに、必死に話しかけた。

「オリバー、話はドルフから聞いたわ。もう大丈夫なのよ、ドルフが時を戻してくれたのだから。あなたがしたことで傷ついた人は誰もいない」

「……でも、僕のせいで、父上が死んだかもしれないんだ」

災害が起きたときの衝撃が、オリバーの中からは抜けない。眠るたびに夢を見て、自分のしたことを突きつけられる。

「そうね。判断が甘かったのはたしかだわ。でもそれは私もそう。あなたひとりのせいじゃないの」

「でも……」

繰り返し、何度でもフィオナは言う。

「誰も死んでいないわ。ドルフがチャンスをくれたのよ。私たちは失敗をやり直せるの。もう二度とそんなことが起きないように、一緒に考えていきましょう?」

「僕は、……もしまた、あんなことをしてしまったら」

フィオナのどんな言葉も、今のオリバーには届かない。

(母親なのに、……無力だわ)

フィオナはこの間つきっきりだ。言葉が届かぬもどかしさに、徐々に疲労を感じ始めていた。

「フィオナ様も少し休みませんと」

「シンディ……でも」

シンディのうしろから、子犬姿のドルフがやって来る。

「キャン」

「ドルフ」

「ほら、ドルフも同じように思っているのですわ。少し中庭をお散歩して気分転換してくださいませ」

シンディに促され、フィオナはひとまず外に出た。

いつも目を楽しませてくれる新緑の緑も花の色も、オリバーの状態を思うだけで色あせて見える。

「ドルフ」

『なんだ』

「お願いがあるの。時を止めて、オスニエル様を連れてきてくれないかしら」

『オスニエルをか？』

「あの子、自分がオスニエル様を殺してしまったと思い込んでいるのよ。姿を見ないとどんな声も届かないような気がするわ。王の妃としては、お戻りをお待ちするのが正しいとはわかっているけれど」

話しているうちに、目に涙が浮かんできた。苦しんでいるのはオリバーなのに、と思うけれど、フィオナも心身共に疲労がたまっていて、気を抜いたら泣きだしてしまいそうだ。

うつむいたフィオナの耳に、キンと空気の固まる音がして、銀色の光をまとった狼が現れる。

『あいつだってオリバーの親だ。事情を知れば、あっちの方から頼んでくる』

「ドルフ」

『そんな顔するな。腹の子の健康に悪い』

ドルフは慰めるようにフィオナの頬をぺろりと舐めると、体を宙に浮かせた。

『本当ならば、お前を乗せていってやりたいが、大事な時期だ。ここで待っていろ』

「ありがとう、ドルフ」

飛び立っていくドルフを、フィオナは感謝の気持ちを込めて見つめた。

＊　＊　＊

視察地であるベンソン伯爵領で、オスニエルは眉をひそめていた。

地盤沈下が起きた場所は、鉄鉱石が採れるとして、ここ半年で補助金をもとに開かれた鉱山だ。この土地の鉄鉱石はとくに鉄の含有量が高く、報告を受けたオスニエルも期待していた。

しかし、ここ半月ほどは、鉄鉱石がまったく採れていない。すでに採りつくしてしまったのではないかという気さえする。

「弱い地震でも地盤沈下が起こるということは、もともとの地盤が弱いということだろう？　これ以上掘り進めるのは危険ではないのか？」

「しかし、採掘範囲を広げていけば、再び鉄鉱石が出てくるやもしれません」

ベンソン伯爵との話し合いは平行線をたどっている。しかしオスニエルとしては、危険を冒し続けてまで、採掘をおこなう必要などないと思っている。

北部にある赤土の土地は、昔から安定して鉄鉱石が採れる地域だ。もちろん今は鉄が欲しいからほかのところで出るならそこでも採掘はしたいが、怪我人が出るかもしれないとなれば話は別だ。

「このまま採掘を続けて、死者が出たらどうする。領民とて、労働の成果が出なければ腐っていくだろう」

「あれだけの鉄鉱石が採れたのです。掘り進めれば必ずや……！」

そもそも、鉄が欲しい、採れた鉄鉱石を高値で買い取る、と言っているのは王家だ。

鉄鉱石採掘に関する熱意に対しては、評価してやるのが筋だとは思う。

「わかった。だが、もう一度地質の調査をおこなおう。こんなに短期間で鉄鉱石が枯渇するなんて信じられないのはあたり前だ。もちろん、俺だって信じたくはない。だが、可能性はゼロではないのだから」

「しかし……」

「うるさい。話はこれで終わりだ。……ああ、まだ採掘を続けているそうだが、それはいったん中止するんだ。すべては地質調査の結果を見て判断する。もう出ていけ」

ベンソン伯爵とのこのやり取りだけで、数日が過ぎている。

地盤沈下による影響は、作業員に数名怪我人が出た程度で済んだが、もしもっと大きな地震が起これば、さらなる被害が出ることも予測できる。

判断をするのが王の仕事だ。しかしそのためには、たくさんの情報が必要になる。

「一度王都に戻るか。結果が出るのを待つ方がいいか。……悩ましいな」

その時、突然空気が固まった。フィオナと結婚してから、何度も体験しているそれは、ドルフが時を止めるときの感覚だ。

「ドルフか」

『正解だ。オスニエル。悪いが一緒に来てくれ』

銀色の光をまとって現れたドルフは、いつもよりも元気がないようだ。

「どうした？　フィオナになにかあったのか？」

慣れているから、オスニエルは状況把握も早い。ドルフも多くを説明せず、背中を向けた。

『オリバーが一番まずい。でもオリバーが不調なせいでフィオナもアイラもまいってきている』

「オリバー……？　……いったいどういうことだ」

『フィオナが助けてほしいと言っている。仕事中なのに申し訳ないが……とな』

フィオナの言いそうなことだ。オスニエルは肩をすくめて笑う。

「家族より大切なものもあるまい。いいだろう、行こう。時は止めたままにするのか？　そうでないなら、多方面に連絡しておかねばならない」

『フィオナとオリバーとアイラ以外の時間は止めたままにする。あまり長いと体力を使うが、オリバーのためだ』

「ならばさっさと行こう」

こうして、オスニエルはドルフの背に乗って、後宮へと向かった。

後宮の中庭では、フィオナが不安げに空を見上げていた。

オスニエルは、久方ぶりに見る妻の姿に気分が高揚するのと同時に、彼女の危うげな表情に不安も感じる。

「フィオナ、大丈夫か」

「……オスニエル様！」

彼女はオスニエルが降り立つなり、その瞳を潤ませた。オスニエルは彼女の頭を腕に抱き込む。

「不在中、大変だったらしいな。よく呼んでくれた」

「いいえ。ごめんなさい。あなたの不在中は私がしっかりしなければいけませんのに」

「頼りにされないより、ずっとうれしいものだ。気にするな」

フィオナは少し黙ったまま、オスニエルの胸に頭を擦り寄せた。

「……会いたかったです」

王妃として、子供たちの母として、フィオナがどれだけ気を張っているのかを、こんな時に思い知る。

「ああ。俺もだ」

抱きしめ返せば、フィオナはすぐに自分を取り戻した。

「実は、オリバーが聖獣を拾ってきたのです。そして彼の願いを叶えるために力を使って……ベンソン伯爵の領地で大地震を起こしてしまったそうです」

「ベンソン伯爵領なら俺もいたぞ？　滞在中は大きな地震はなかったが」

『本当は、オリバーの力で起きた大地震で、お前は一度死んでいるんだ。俺が時間を戻したから、お前はなにもなかったと思っているだろうが』

オスニエルは一瞬思考が停止した。しかし、すぐに理解が追いついてくる。

「フィオナの死を七度やり直させた時のように、時間を戻したってことだな？」

『ああ、しかも、オリバーを中心に戻してしまったんだ。そのせいで、オリバーにはその時の記憶が残っている。お前がいたはずの領主館が崩れたところも見てしまった』

「つまり、……オリバーは自分のせいで俺が死んだと思っているのか？」

フィオナとドルフが目を見交わしてうなずく。

『理解が速くて助かる。俺が時を戻したから、実際のお前は生きている。しかし、オリバーにはしっかり記憶が残っていて、そのせいで自分を責めているんだ』

「それと、……あの子、今までずっと我慢してきたようですが、アイラに対して劣等感を持っているようで……あ」

フィオナが途中で、言葉を途切れさせる。オスニエルが彼女の視線をたどると、そこにはリーフェとアイラがいた。

「知ってる。私。オリバーに言われたこと、あるもん」

「アイラ」

アイラは顔を真っ赤にして涙ぐんでいる。いつもご機嫌なアイラがそんな表情をするのは珍しく、オスニエルは慌てて近づき、膝をついてアイラに目線を合わせた。

「泣くな、アイラ」

「わ、私のこと嫌いなのかなって思って、すっごく悲しかったの。私は、オリバーが大好きなのにって。すごく嫌な気持ちになった」

「うん」

オスニエルが相づちを打つたびに、アイラの目に涙が浮かび上がってくる。

「でも、オリバーがいないと、私、すごく寂しいの。私のこと嫌いでもいいから、元気になってほしいよ。……お願い、父様母様、助けて……！」

ついに泣きだしたアイラに、オスニエルは胸が締めつけられる。

「アイラもつらかったんだな」

オスニエルがアイラを子供の時のように腕に抱き上げると、彼女は潤んだ瞳で不安そうにつぶやいた。

「うん。……私、どうやったらオリバーに嫌われずに済むかな？」

「そのままでいい。オリバーはお前を嫌ってなどいないさ。アイラは素直なところが魅力だ。オリバーもわかっているさ」

「そうよ、アイラ。オリバーはあなたが好きでうらやましくて、だから、つらくなっているのだと思うわ」

泣きながらうなずいたアイラを、オスニエルはフィオナに託した。

「オリバーと話してくる。ドルフ、オリバーはどこだ？」

『お前たちの寝室で寝ている』

「わかった。行ってくる。ドルフ、手間をかけさせたな」

オスニエルはドルフに手を振ると、駆け出していく。

一連の会話を黙ってみていたリーフェは、納得のいかないような顔をしたまま、ぽつりと言った。

『本当だよ。ドルフ、しんどくないの？ 広範囲を移動した上に、四人の時間軸をそのまま残した状態で時を止め続けるって、結構大変だよ？』

『心配せずとも、俺は強いからな。問題ない』

涼しい顔で言うドルフに、リーフェはむっとしたまま、そっと前足を添えた。

『お前……』

『増幅能力って、こういう時のために使うものじゃないの？』

ドルフは、少し驚いたように彼女を見やる。

『お前が、頼まれもしないのに力を使うのは珍しいな』

『必要だと思えばするよ。私だって、オリバーが心配なんだからね』

『……そうか』

ドルフはフッと笑い、放出する力を少し抑える。リーフェの増幅能力のおかげで、最小限の力でも十分に現状を維持できそうだった。

＊　＊　＊

空間がゆがんだような気持ち悪さを感じて、オリバーは目を開けた。

「母……上？」

ずっと付き添っていたはずのフィオナが、いつの間にかいなくなっている。途端に、オリバーの胸に暗い影が落ちた。

（いよいよ、母上も僕のこと、嫌になっちゃったかな）

考えただけで不安になる。どうしてこんなことを考えてしまうのかも不思議だ。フィオナもアイラも、オリバーにちゃんと好意を示してくれているというのに。

（僕は、自信がないのかな）

どうして自分が好かれているのかわからない。寄せられる愛情を信じることができない。だからこそ、いつまでたっても不安がぬぐえないのだ。

アイラがいるから、リーフェにとっても両親にとっても、自分は一番にはなりえない。だけどオリバー自身、アイラが好きだ。アイラが好かれる理由を理解できるからこそ、一番になれないのは仕方ないと思っている。ただ、頭で理解しているのに、感情が伴わないからタチが悪いのだ。

たとえば、自分だけを見てくれる聖獣がいたとしたら。

そんなことを、何度も考えた。自分を一番大切だと言ってくれる人がいたら、少しは自信が持てるんじゃないかと。

それをチャドに期待して、彼に好かれるように努力した。

彼が望むことを叶えてあげたかった。気持ちはそれだけだったのに、大切な判断を誤って、結果としてとんでもないことになってしまった。

「……っ」

建物が崩れ落ちる瞬間を思い出して、また体が震えてくる。

ドルフもフィオナも、あれはなかったことになったと言うけれど、オリバーは許されないことをしてしまったという自責の念を消すことができない。

今回はたまたまドルフがいたからよかったけれど、自分がまた選択を間違えれば、同じことは何度でも起こるのではないだろうか。

(好かれたいからって、なんでも言うことを聞こうとしたのが間違いなんだ。僕は王の子で、それを見極めなければならなかったのに)

オリバーは震えが止まらない。

(僕が間違わない保証なんてない。怖い。……怖いよ)

早く元気にならなければ、フィオナを心配させてしまうことはわかっていたが、それでも感情のコントロールができなかった。

(僕は、……どうすればいいんだろう)

ノックの音がしたので、返事をするために顔を向けた。オリバーが声を出す前に扉が開き、大柄な人物が入ってくる。

「……え?」

オリバーは目を疑った。それは、ベンソン伯爵の領地にいるはずのオスニエルだったのだ。

脳裏で建物が崩れる。オリバーの頭の中に、父が血を流して倒れる姿が浮かんできた。だけど今、オスニエルはオリバーの目の前にいる。オリバーは瞬きをして、父の姿が消えないことを何度も確かめた。

「オリバー、大丈夫か？」

「ち、ち、……うえ？」

（……生きてる）

頭では、わかっているつもりだった。大地震はなかったことになった。だからオスニエルも無事であると。

でも、オリバーはオスニエルの姿を見た今、ようやく実感を伴って理解したのだ。

「ご、ご無事だったのですか？」

「もちろん。とはいえ、本当に戻ってきたわけではないんだ。ドルフが時を止め、俺を連れて来てくれた」

「え……？」

言われて周囲を見れば、時計も動いていない。外の景色は静止画のようで、わずかな風の気配すら感じさせない。

「お前が大変だと聞いた。だから来たんだ」

父は王だ。国のために尽くさねばならず、それをオリバーが邪魔するようなことはあってはならない。

「僕のせいですか？　父上のお手をわずらわせて……」

オリバーが頭を下げようとすると、肩を掴まれ止められた。

「俺はお前たちの父親だ。わずらわせるなんて言い方はするな」

「でも……」

オスニエルはベッドの端に腰かけると、優しい声で語りだした。

「大変なことがあったそうだな」

「ご、ごめんなさい。僕は……」

「判断を間違えた。……そうだな」

「……はい」

王や王太子の判断ミスが、周囲にどれだけ大きな影響を与えるかということを、オリバーは帝王学で学んでいる。権力が強ければ強いほど、その影響は大きく、だからこそ国を治める者には知識と判断の正しさが求められるのだと。

ちゃんと学んだはずなのに、選択を間違えた自分が情けなく恥ずかしい。

「つらかっただろう」

予想外の言葉をかけられて、オリバーは目を丸くして父親を見つめた。

「怒らないのですか？」

「叱責《しっせき》すべきところはある。だがそれは、お前の心が立ち直ってからだ。ここにおいで、オリバー」

オスニエルは逞《たくま》しい腕でひょいとオリバーを持ち上げると、自分の膝の上に座らせた。

もう誰かに抱き上げられることなどなくなっていたオリバーは、ひどく恥ずかしくて動揺してしまった。オスニエルの膝の上から逃れようと、軽く抵抗する。

「ち、父上」

「だが、お前が身をもって判断を誤ることの怖さを知った意義は大きいと思う」

オリバーは動きを止めた。オスニエルはあえてオリバーの目は見ず、彼をかかえたまま遠くを眺めた。

「誰にでも間違いはある。もちろん俺にだってある。しかもそれは、自分では正しいと信じたはずの道だ。お前だってそうだろう？」

「はい」

「だが実際にはうまくいかなかった。自分の考えが浅はかだったということだ。こんなことはこれから先、いくらでも起こりうることだ。だから俺たちは、失敗から学び、考えなければならない」

オリバーは信じられなかった。オスニエルは、武力に秀で、柔軟な考えで国を繁栄へと導いていく、偉大な王だ。彼が間違えるところなど、想像がつかない。

「ち、父上も間違えたことがあるのですか」

「もちろん。間違えたままずいぶん突き進んでしまった。誰も俺に意見する者などいなかったからな。フィオナと出会って、俺は自分の考えを改めることができたんだ」

「母上が?」

オリバーは意外に思う。フィオナは見た目もたおやかだし、口調もいつも丁寧で優しげだ。怒られたところで、オスニエルが動じるとは思えなかった。

「ああ。フィオナは怒ると怖いんだ。正論で追いつめてくるときなんかは、この俺でも逃げ出したくなる」

「父上が?」

大柄なオスニエルがフィオナに怒られて背中を丸めているところを想像してしまって、オリバーの口もとが緩む。

「お前の母上はすごいんだよ。実は俺は、お前が王になるには優しすぎるのではないかと悩んでいたことがある。お前が不安なのは、俺のそんな気持ちを感じ取っていたからかもしれないな」

オリバーは思わず拳を握って身をすくめる。やはり、自分は王太子としての器ではないのだ。父もそう思っていたのだと知って、心臓がはやる。

「だがな、フィオナと話して考えが変わった」

「……母上と？」

顔を上げると、オスニエルもオリバーと目を合わせた。オスニエルはオリバーの手を掴むと、固く握られた彼の拳をゆっくりと開く。

「オリバーは賢い子だ。決して王としての資質がないわけではない。優しい王が賢王と言われる時代もあるでしょう、と。たしかにそうだ。戦乱の世で俺のような武闘派の王が英雄と言われるように、平和な時代には、優しく賢い王がすぐれた君主だと言われるものだ。お前が優しい子なのならば、そんな時代に、俺の代で変えていけばいいだけの話だ」

目から鱗が落ちたような衝撃に、オリバーは瞬きをする。

「え……？」

「さすがはフィオナだろう。俺も驚いた。そういう考え方もあるのかと思ってな。でも、落ち着いて考えてみれば、たしかにそうなのだ。優しさは美点でこそあれ、欠点ではない。俺が今英雄扱いされているのも、たまたま時代に合っていたからなのと、フィオナに出会ったからだ」

「母上に？」

「フィオナは俺に、いつも思いもかけない視点を与えてくれる」

最後のひと言は惚気《のろけ》にも聞こえた。オリバーは少し笑ってしまい、笑えた自分に驚く。

「王であれば、自分の判断ひとつで国民の人生を左右してしまうことを、覚悟をしなければならない。もちろん、王の子であるお前も同様だ。とはいえ俺たちだって人間だ。間違うことはある。今回がそうだな。だがひとつ幸運なことがあるとすれば、お前にはドルフがいることだ」

時を戻し、惨劇をなかったものとしてくれた。ドルフがいなければ、こうしてオスニエルの腕に抱かれることなど、二度となかったかもしれないのだ。

「その幸運を自分たちのものだけにしていてはいけないんだ。失敗を力に変え、皆のために役立てる。それが、聖獣の力を得たお前たちが、なすべきことだ。お前が、やり直しても反省しないような人間ならば、俺はお前を後継者から外しただろう。しかしそうじゃないだろう？　自分の行動が、人の命を奪う結果にもなりえるという事実を肌で実感しているお前は、きっといい王になると俺は思う」

「でも父上」

オリバーは自信がない。自分が、正しい王になれるのか。目指すべき姿は遠すぎて、自分がたどり着けるとは思えないのだ。

その不安を感じ取ったのか、オスニエルはオリバーの顔が見えるように抱き直す。

そして、不安に揺れる彼の瞳を覗き込んで微笑んだ。

「それでも不安なら、思い出してほしい。お前がひとりじゃないことを。王としての責務を、お前ひとりにかかえさせるつもりはない。この父が、前を歩いて道をつくろう。王となってかかえねばならない罪は、俺が一緒にかかえていこう」

「父上」

「お前が自分を見失いそうになるときは、フィオナやアイラを頼るといい。ふたりとも、お前のことをお前自身より愛している。お前の価値を、必ず思い出させてくれるはずだ」

フィオナの心配そうな瞳を思い出し、オリバーの胸がチクリと痛んだ。そして、半泣きになっていたアイラのことも。

「父上、ごめんなさい。僕が軽率でした。望みを叶えたら、チャド……聖獣が、僕だけのものになってくれるんじゃないかと思ってしまったのです」

「お前はその聖獣のことをそんなに気に入ったのか？」

「違う。僕は、……アイラに嫉妬していたんだ。リーフェやみんなから好かれるアイラがうらやましくて。僕だけを見てくれる存在がいたらいいのにって思って……」

「馬鹿だな。みんなお前を大切に思っているのに」

「……うん。僕……なにも見えていなかった」

オリバーの目からひと筋の涙がこぼれる。しかしそれはもう、悲しみによるものではなかった。

オスニエルのくれた言葉が芯となって、オリバーは、自分の心の居場所を見つけたような気がした。

これから先、何度迷うことがあっても、オリバーはまた立ち上がれる。

「父上、ありがとうございます」

オリバーは自分からオスニエルに抱きついた。オスニエルの安堵《あんど》の吐息が耳に届き、オリバーは改めてドルフに感謝した。今、オスニエルを失っていたとしたら、オリバーはきっと生きてはいけなかっただろうから。

ひとしきりオスニエルの腕の中で泣いたオリバーは、ようやく自分を取り戻し、顔を上げた。

オスニエルもホッとした表情で彼の背中をたたく。

「よし、では母上とアイラにも顔を見せてやれ。ふたりとも心配しすぎでボロボロだ」

「そうなのですか？」

「ああ。アイラなんかひどいものだった。……もう入っていいぞ」

オスニエルは最後の言葉を、外に向かって呼びかけた。すぐに扉が開き、フィオナが入ってくる。

「オリバー」

「母上、ごめんなさい」

「いいのよ。母様もごめんね。もっとあなたの相談に、しっかり答えてあげなきゃいけなかった。安易に背中を押して、つらい目にあわせてしまったわ」

フィオナの肩が震えていて、オリバーは自分がどれだけ心配をかけていたかを実感する。

「違うんだ。母上はなにも悪くない。僕がはっきり言わなかったからだよ」

フィオナは涙目でオリバーを抱きしめる。お腹がつかえて密着はできないが、フィオナのやわらかさや温かさをじかに感じるのは、ひどく久しぶりな気がして、オリバーも素直に抱きしめ返す。

「……心配かけて、ごめんなさい。母様……」

「ええ」

子供の時の呼び方で呼ぶと、抱き返してくれる力が強くなる。オリバーは子供でいることを許された気がして、ホッとした。

「アイラも」

オリバーは抱かれたまま、扉の前で立ち止まってしまっていたアイラに手を伸ばす。オリバーが目を合わせて名前を呼んだ途端に、アイラの目から、涙がぶわっと噴きだした。

「お、オリバー」

「この間は、ごめん。僕、やきもち焼いていたんだ。アイラが、人気者だから」

真っ赤な顔でアイラは首を振る。どこまでも素直なアイラが、オリバーは今もうらやましい。だけど、今日はひねくれた気分にはならなかった。

「アイラはなにも悪くない。僕が勝手にいじけていただけなんだ。ごめん」

アイラは涙をこらえながら、首を振る。

「お、オリバー、なんにもわかってないよ。オリバーがいないと、みんなケンカばっかりするんだよ？　私だって。オリバーがいないと……駄目なんだから」

震えながら、アイラはもっとなんか言おうとして口を開けたものの、涙がこぼれて我慢できなくなってしまった。

オリバーはフィオナの腕から出て、アイラのもとに駆け寄る。

「う、うわあああん。オリバーの馬鹿！　なんでそんなこと言うの。私だってみんなだって、オリバーが好きなのに！」

暴れて泣きだすアイラを抱きしめながら、オリバーは少しくすぐったい気持ちになる。こんなふうに自分に愛情を示してくれる存在がいるのに、どうして自分はひとりのような気がしてしまったのか。

「うん。僕も。アイラが好きだよ」

「だったらぁ！　私の気持ちくらいわかってよ！　馬鹿、馬鹿、馬鹿！　馬鹿！」

「むちゃくちゃだなぁ。アイラ」

アイラのその素直さが、いつもうらやましかった。同時に、まっすぐに向けられる気持ちに、助けられてもきたのだったと思い返す。

「ねえ、アイラ。……僕が王太子でも、大丈夫だと思う？」

「あたり前！　オリバーじゃなきゃ誰がするの？　私は絶対に無理だから！」

「そんなにはっきり言う？」

「だって私、わがままだもん」

「はは。アイラらしいなぁ……」

その素直さが、アイラの魅力だ。しかし国を治めるのに必要な資質とは少し違う。

オリバーはようやく、アイラに感じていた劣等感を消すことができた。

「悪かったな。ドルフ。疲れただろう」

『そう思っているならさっさと戻るぞ』

オリバーが落ち着いたのを見て、オスニエルが言う。

ドルフも、長い間、時を止めていたことで疲れたのか、そっけなくうなずき、オスニエルを連れて戻っていった。

そして、数分のうちに戻ってきたドルフは、『今日は疲れたから誰も面倒を起こすなよ』と言い、フィオナの寝室に陣取ってしまった。

フィオナとアイラは、オリバーが食事を取るのを見守った後、各自部屋に戻っていった。

フィオナはまだ心配そうにしていたが、オリバーがもう大丈夫だからと言ったのだ。

湯あみも終え、部屋に戻り、机の上のチャドの寝床を見て、ぎくりとする。

カサカサと動く音がするから、起きてはいるのだろうが、彼は話しかけてこない。

オリバーもなんと言ったらいいのかわからず、ただ黙ってベッドに潜り込んだ。

それまでずっと寝ていたこともあり、眠気はなかなか訪れない。やがて何者かが入ってきた気配がして飛び起きると、そこには聖獣姿のリーフェがいた。

「リーフェ？」

『オリバー、起きてる？』

「アイラと寝ていたんじゃなかったの？」

アイラが子犬姿のリーフェを連れていくのを見ていたオリバーはそう言ったが、リーフェは『アイラの寝言がうるさいから出てきた』と言うと、オリバーに背中を向ける。

「どうしたの？」

『夜の散歩、行こう？』

リーフェはあまり人を背中に乗せたがらない。だから散歩に誘われるなど初めての経験だ。驚きつつ、オリバーは黙ってうなずいた。

夜の空気は冷たい。ドルフと違い、リーフェは時を止めることはできないので、飛び立つときはものすごく気を使った。人に見つからないよう、ドルフの時よりもずっと上空を飛んでいる。

「リーフェは、人を乗せて飛ぶのは嫌いなんじゃないの？」

オリバーがずっと疑問に思っていたことを言うと、リーフェは少しだけ振り向いてうなずいた。

『嫌いだよ。でもこうでもしないと、オリバー、話を聞いてくれないもん』

「……リーフェは、僕と話をしたいの？」

オリバーは、リーフェは人のことには興味がないと思っていた。かまわれて嫌がるわけではないが、特段かまってほしがっていないという印象があったので、あくまで自分の気分が優先で、オリバーやアイラのことは、加護を与えてしまったから面倒を見ている程度なのだと。

たどり着いたのは、ルーデンブルグの湖だ。

相変わらず清浄な空気が漂っている。リーフェはこの空気が気持ちいいのか尻尾を振っていた。

『なんか勘違いしているみたいなんだもん。困る。私は面倒くさいのが嫌いなんだよう。……あのね。私はずっと、ルーデンブルグの湖でママと暮らしていたの。ママがいなくなってからはひとり。森の動物たちはいたけれど、友達って感じじゃなかった。だから、ドルフを見たとき、気づいてほしいなって思ったんだ。同じ、狼の聖獣だったから。だからフィオナのお腹の中にある、まだ誰の加護もない命に加護を与えた』

リーフェが自分のことを語るのは珍しい。オリバーは黙って、彼女の言葉の続きを待った。

『アイラやオリバーに加護を与えたのは、本当にそれだけ。でも、きっかけはそうだけど、今はアイラのこともオリバーのことも好きだよ。アイラがぎゃんぎゃん泣いたり笑ったり叫んだりしているのも、うるさいけれど嫌じゃないし、オリバーが私を背もたれにして静かに本を読んでいるのも、たまに一緒に走ってくれるのも、楽しい。ふたりの役には立ててないかもしれないけど、私はちゃんと、ふたりのこと好きだよ』

「リーフェ」

『なんでオリバーが好かれてないって思っているのか知らないけど、私はオリバーが好きだよ。それだけ、言っておこうと思って』

自分の態度は、もしかしてリーフェを傷つけていたのかもしれない。素直なリーフェの言動に、ようやくオリバーは自分の遠慮が人に与える影響に思い至った。

「僕だって、リーフェが好きだよ」

『じゃあもっと頼ってもいいよ。私、あんなネズミより力ある。察するのは苦手だけど、言われたらちゃんと動けるもん』

「……ごめん、リーフェ」

傷つけていたかもしれないなんて、今さら思う自分が情けなかった。普通に近くにあった愛情に、どうして自分は気づけなかったのだろう。こんなにも多くの人から愛されていたというのに。

「みんな、こんなに僕に手を差し伸べていてくれたのに。全然気づかなかった。やっぱり僕は駄目だね」

オリバーの嘆きに、リーフェはあっけらかんと答える。

『今気づいたんだから、いいんじゃない？』

「……ぷっ」

『あ、やっと声出して笑ったね。オリバー、その方がいいよ。もっと、思っていることを口に出したら、みんなきっと、応えてくれると思う』

「うん。ありがとう、リーフェ」

かなり大きな失敗をしてしまったが、ようやくオリバーは実感として思うことができた。

自分はみんなから愛されている。自分を不幸にしていたのは、心を閉ざしていた自分自身なのだと。

翌日、オリバーは四日ぶりに登校した。馬車を降りると同時に、待ち構えていたエヴァンとレナルドが駆け寄ってくる。

「やっと来た。オリバー様！」

「休むなんて珍しいじゃないか。どうせ遅くまで勉強して体調崩したんだろ。ちょっとくらい成績が下がったっていいのにさ」

レナルドは少し怒っている様子だ。

「またそういう言い方をする。素直に心配していたって言いなよ」

「うるさいよ、エヴァン！」

ぎゃあぎゃあ叫んでケンカをするふたりを見て、オリバーはふふ、と微笑んだ。

「ふたりとも、ケンカはよそうよ。それより、僕が休んでいる間、なにがあったか教えてくれるかい？」

「アイラ様から聞いたんじゃないの？」

「アイラから聞けていないこともあるかなと思って」

そう言うと、レナルドは少しうれしそうに笑う。

「そうだな。男の世界のことはアイラ様にはわからないしな！」

「そうだね。体育とかは男女別だし。昨日は、球技だったんだけど。レナルドが蹴ったボールがすごいところに入っちゃって」

「あっ、エヴァン、ストップ。その話はなしだ！」

レナルドが怒りだし、エヴァンは逃げるように走っていく。オリバーも追いかけようとしたが、うしろからツンと服を引っ張られたのに気づいて足を止めた。

「……マーゴット？」

アイラの友達のマーゴットだ。うつむいたまま、おずおずと四つ葉のクローバーを封じ込めたしおりを差し出した。

「四つ葉……？」

「お、おとといい、一生懸命探したの。エミリアも手伝ってくれて」

「僕に？」

「前にオリバー様が、四つ葉のクローバーを見つけてくれて、私、すごくうれしかったから。おかげで、お母様は少しよくなってきたの。この間面会もできたわ。だから。……その、オリバー様も元気になるかと思って」

差し出す手が、わずかに震えている。彼女がいじらしくかわいらしく思えて、オリバーは微笑んだ。

「ありがとう。マーゴット」

受け取ると、彼女はぱっと顔を赤らめた。

その表情に、オリバーは一瞬ドキリとして、自分でもよくわからない心の動きに、焦る。

「あらあら～」

オリバーに続いて馬車から降りてきたアイラが、なぜかニマニマしている。

「あ、アイラ様、おはようございます」

「おはよう、マーゴット。あ、私、宿題でやり忘れたところがあったのを思い出したから、先に行くわね！」

アイラが、挨拶もそこそこに慌てて校舎の方に向かって走りだす。

（アイラ……、なにか勘違いしていないか？）

　オリバーは気恥ずかしくなったが、マーゴットが困っているのを見て、気を取り直して笑顔を向けた。

「僕たちも遅れちゃうね。行こう」

「は、はい！」

　マーゴットの歩調に合わせて歩きながら、彼女の母親の経過を聞く。声は小さいが、ゆっくり話す彼女の声を聞いていると、オリバーはとても穏やかな気分になった。

（この気持ちが育ったら、いつか、自分だけの大切な存在になるのかな……）

　頭の隅でそんなことを考えたものの、オリバーは頭を振ってその考えを追いやる。

　自分はまだ発展途中で、愛とか恋とかを考えるような時期でもない。王太子として、まだまだやらねばならないこともやりたいこともたくさんあるのだ。

「どうかしました？　オリバー様」

「ううん。なんでもないよ」

　オリバーとマーゴットは、ゆっくりと教室までの道を歩いた。

チャドが守りたいもの

授業が終わり、オリバーとアイラは一緒に帰宅のための馬車に乗る。

「ねぇ。結局チャドってなにがしたかったの？」

アイラの質問に、オリバーは一度息を吸って、調子を整えてから話す。

「あの土地を採掘から守りたかったみたい。地震を起こしていたのは警告のつもりだったんだって。自分では、微弱な地震しか起こせないから、僕の増幅能力を使いたいって言っていた」

「……オリバーに増幅能力があるって、どうしてわかるの？」

「そばにいるとわかるみたいだよ。僕の近くにいると力がみなぎるから気づいたって言っていたし」

「そうなの？　リーフェは、自分の能力がはっきりわかったのは、私たちが赤ちゃんの頃だったって言っていたよ？」

「それはリーフェだからじゃない？」

リーフェは力に対して無頓着なところがある。人からどう思われているのかも気にしていないようだし、たぶん、自分が持っている能力にもさほど興味がないのだろう。

「まあ、そう言われるとそうかもしれないけど」

アイラはまだ納得がいっていないようだ。

「それより、私、チャドにはちょっと引っかかるところがあるんだよね」

「なに？」

アイラはオリバーの耳に手をあて、内緒話をするようにささやいた。

「あの子、なんかちょっと欠けているみたいなの」

「欠けている？」

「うん。説明が難しいんだけど。私、生き物にはみんな、丸い感じを受けるんだよね」

アイラが独特の表現を使ったので、オリバーは混乱した。

「ちょっと待って、アイラ。僕、いまいちわからない」

「誰でもなんだけど、よく見ると体の中心に丸い玉があるの。ぴかぴか光っているのよ。母様とか父様のは、とっても綺麗よ！」

「幽霊が見えるのと同じようなもの？」

「たぶん。幽霊はね、体がなくなったときに、その球を広げて自分の形を作るみたいだよ？　消えるときは、玉の形に戻って消えていくの」

「へぇ……」

　アイラが人ならざるものを見られることは知っているし、自分もアイラを通して幽霊を見たことがある。だが、その時オリバーに見えたものよりも、もっと多くのものが、アイラには見えているのだろう。

「つまり、丸い玉は魂ってこと？」

「そうかもしれない。体がなくなっちゃったら悲しいから、魂で人の形を作るのかも」

　それならばなんとなく理解できるような気がする。オリバーはうなずき、続きを促した。

「でもチャドの魂は小さくって欠けているの。半分もないかも」

「半分？　半分でも生きていけるの？」

「わかんないよ。でも、本当はもっと強い聖獣なんじゃないかなぁ。拾ってきたときよりも、今の方が体も大きくなっているし、それに比例して力も強くなっているみたいだし」

　アイラの意見はなかなか興味深い。

　チャドの力を増幅しようとしたあの時、地下から力のこもった光が吸い上げられるような感覚があった。もしあれが、チャドの魂の欠片なのだとしたら、増幅したときに、本体に引き寄せられてしまったのではないだろうか。

「なるほど……」

「でも、本当のところはきっと、チャドに聞いてみないとわからないよね」

オリバーは顔を上げて、前を見据えた。逃げていてもなんにもならない。チャドに一度かかわった以上、彼についてのことを解決するのも自分の務めだ。

「オリバー、チャドと話す気？」

アイラは心配そうにオリバーを見つめた。うなずくと、アイラはますます頬を膨らます。

「嫌だなぁ。また変なことになったらどうするの？」

「大丈夫だよ。僕、自分のしたいことがわかったんだ。もう迷わない。それに、チャドは決して、僕を利用しようと思っていたんじゃないと思う。ただ本当に困っていて、力を貸してほしかっただけなんだよ」

「そうかしら。オリバーってちょっと優しすぎるからなぁ……」

オリバーは自信があったが、アイラはどうも信じきれていないようだ。

「じゃあ、私も一緒にいていい？」

オリバーはもう、この申し出が彼女の好意であることを知っている。だから心からうなずくことができた。

「もちろん。僕に気づけないこと、きっとアイラなら気づいてくれるだろ？」

「うん！」

こうして、後宮にたどり着いたふたりは、すぐさまチャドのもとへと向かったのだ。

＊　＊　＊

「チャド！」

『……なんだ？　ふたりそろって』

昨日までほぼ無視されていたというのに、突然話しかけてくる双子に、チャドは怪訝な視線を向けた。

「チャドの望みを叶えるために、どうすればいいのか考えようよ」

「そうよ。あの土地を守りたいのよね？　採掘をやめさせるための方法を一緒に考えてみましょう」

チャドはほうけたまま、生き生きと意見を出していく双子を見つめた。

『お前たち、なにを言って……』

「まずは、本当にあの土地から鉄鉱石が産出されないのかを調査しなきゃいけないと思う。父上に頼んで、調査団を組んでもらったらどうだろう」

オリバーが出したのは妥当な意見ではあるが、あくまでも人間の意見だ。

自然を操る力を持つ聖獣にとっては、そんな話し合いなど面倒なだけだ。

『人間のやることなど信用ならない』

「だからといって、恐怖で人の心を変えるなんて無理なんだよ」

真剣な瞳で告げるオリバーを、チャドは憎らしそうに見つめる。

『お前、もう我のことなど好きではないのだろう？　であれば、我がここにいる意味はない』

「チャド！　僕はそんなことは言っていない。君の力になりたいって思っているんだ」

『だが、もう手伝う気はないのだろう？』

じろりとチャドに睨まれても、オリバーはひるまない。

「君のやり方では、ね。……僕はもう、人を傷つけるようなことはしたくない。だけど、自分で考えたやり方で、君を助けられたらって思っているんだ」

『ふん。なにを……』

チャドは反論しようとして、気まずくなり黙る。

オリバーは出会ってからずっと優しい。瀕死《ひんし》状態のチャドに、聖域の水を与えてくれたし、その後も食べ物をくれた。

本来、聖獣に食べ物は必要ないが、チャドは昔から食べることが好きだ。だから、オリバーのくれたクッキーがとてもうれしかった。

チャドが黙り込むと、アイラはそこに追い打ちをかけるように言う。

「オリバーに感謝した方がいいわよ。私だったら、もうけちょんけちょんにして追い出しているところだわ！　だいたい、チャドはオリバーの増幅能力のこと、いつから知っていたの？」

『なんだいきなり』

チャドは仏頂面でアイラを睨む。しかし、アイラは容赦がない。チャドを両手で掴むと、唾が飛ぶ勢いで叫ぶ。

「いいから言いなさいよ！　私はまだ疑っているんだから！　あなたが、オリバーを利用する気で近づいてきたんじゃないかって！」

『なっ、そんなわけなかろう！』

チャドの体が一瞬金色に光る。たじろいだアイラの手が緩んだのと同時に、チャドは彼女の手から抜け出して、寝床の陰にまで下がる。

『我はずっと、あの土地を守っていた。だが、人の手で荒らされていくのを止められなかった。そして力尽きて死ぬのだと思っていたとき、オリバーが我を拾ったのだ。……そばにいると、弱りきった体が楽になった。オリバーがそばにいるときの方が、あきらかに自分の力がみなぎるのだ。よほどの馬鹿じゃなければ、増幅能力があるのだとすぐわかるはずだ！』

「でも、ドルフやリーフェは、最初はよくわからなかったって言っていたよ？」

『あいつらは力がありすぎるから、少し増えたところでわからないのだろう。それに、オリバーが無意識に発揮している増幅能力など、大した強さではない。我は力が弱いから、微々たる違いであってもわかるのだ』

「なるほど。じゃあ、狙って出会ったわけじゃないのね？」

アイラはようやく納得する。

『あの状態で、そこまで考えられるわけがないだろう。しかし、増幅能力があると知って、我の望みを叶える手伝いをしてほしいと頼んだのは本当だ。お前に、酷なことを強いたのは認める。……悪かった』

「謝らないでよ、チャド。僕も軽率だったんだし。……ねぇ、チャド。僕は君を、悪い聖獣だとは思っていない。あの土地を守りたいって気持ちは、本当だと思う。ただ、チャドのやり方で、本当にみんなを守れるの？」

『なんだと？』

チャドは怪訝そうに眉を寄せた。

「今暮らしている人たちにとって、あそこが安全で、生きるための糧《かて》を生み出す土地でなければ、土地を守ったとは言えないんじゃない？　地震を起こして、人々に恐怖を与えるだけじゃ、人はいなくなってしまうだけだよ」

チャドは黙ると、ただオリバーを見上げた。迷いを見透かすような、オリバーのまなざしに、ひるんでしまう。

アイラは、ひとりと一匹の様子を黙って見つめた。穏やかな物言いだが、オリバーの方が優勢だ。チャドから勢いが失われたのが見て取れる。

「だから、僕の考えを聞いてくれる？」

『……わかった』

チャドは渋々とそう言うと、寝床に戻り、座った。

『勝手に話せばいい』

＊　＊　＊

ふたりが、ドルフとリーフェに頼んでベンソン伯爵の領地に連れてきてもらったのは、夜のことだ。

フィオナには『もう寝る』と告げてあるし、移動中は時間を止めていたので、不在は誰にも気づかれていないはずだ。

『あー重たかった！』

「失礼ね、リーフェ。私そんなに重くないよ！」

リーフェが着くなりアイラを地面に転がしたので、アイラはぷんぷん怒っている。

「ここが、その採掘場？」

初めて来るアイラは、周囲を見渡した。

周囲は木が切り倒され岩場となっている。採掘場はすり鉢状に大きな穴が掘られていて、底部分の傾斜のある壁面に採掘口が掘られていた。

アイラにとっては気持ちのいい場所ではないようだ。眉を寄せて、足もとに落ちている石を拾い上げては、気に入らないといった様子で手放していく。

「聖獣の住処というには、荒れているのね。ここがチャドの故郷なの？　仲間はいないの？」

『うるさい娘だな』

矢次早に質問するアイラに、チャドはへきえきしたように言う。

「あ、そんな言い方するんだ。言っておくけど私、気配をたどるのは上手なんだよ？　鉄があるかないかだって、調べられるかもしれないんだよ？」

『〝かもしれない〟レベルで偉そうに言うな！』

今回の移動の目的をリーフェに告げたら、それなら……と言って、オリバーたちに教えてくれたのだ。

植物や鉱物にも生命エネルギーのようなものが宿っているから、アイラにはそれが見えるはずだと。

ちなみに、リーフェも以前ドルフと来たときにやってみて、鉄がないことは確認したらしい。

『でも、アイラの方が細かいことが得意だからやってみればいいよ』と言われ、アイラは探索のやり方をリーフェに教えてもらったのだ。

アイラとチャドが言い合いをしている間、オリバーは黙って周囲を見渡していた。

吹っ切れたつもりではいるが、いざこの土地に降り立つと、地震の記憶がよみがえってくる。ドルフが時を戻してくれて本当によかったと思う。だけど、自分のやったことが消えることはない。少なくとも、自分の記憶からは。

「オリバー、大丈夫?」

アイラの声に、オリバーは我に返る。

「う、うん」

自分は不安そうな顔をしていたのだろうか。いつの間にか、アイラが手を握ってくれていた。その温かさに、現実に引き戻された気がした。

「ひとりじゃないよ、オリバー」

「うん。ねぇ、アイラ。もし僕が間違いそうになったら……」

「私が止める。絶対。誰かを傷つけたら、オリバーも傷つくんだもん。私、ちょっとだけどお姉ちゃんだからね。オリバーのこと、絶対に守るから!」

意気込んで語るアイラを見ていると、緊張が解けてくる。アイラなら、きっと誰も傷つかない道を選んで、オリバーに示してくれるだろう。オリバーがそれを望んでいるのを知っているから。

自分のことを理解してくれる人がそばにいてくれるのは、とても幸せなことなのだ。

オリバーは大きくうなずいて、正面を見る。

「じゃあまずは、アイラにここに鉄があるかどうか確認してもらおう」

鉄の放つ生命エネルギーを確認するためには、まず鉄が多く含まれたものに触る必要がある。

「これが鉄ね」

採掘口に向かって伸びている線路に手をあて、アイラはその感覚をしっかり体に覚えさせた。

「……よし、わかった」

その後、アイラは場所を移し、地面に手をあてた。

見ているオリバーにはわからないが、アイラは地面から読み取れる情報をしっかり識別しているようだ。

「うーん。鉄鉱石は、……ないなぁ。ほんのわずかに散らばっているのはわかるけど、大量に採ることはできないんじゃないかな」

チャドは少し驚いたようにアイラを見ると、「チュ」と声をあげた。

『お前、本当にわかるのだな。……もともと、ここで採掘された鉄鉱石は、正確には鉄隕石《いんせき》と言われるものだ』

「隕石?」

『はるか昔の話だ。空から、いくつも隕石が落ちてきたのだ』

「はるか昔ってどのくらい?」

『六百年は前になるな』

「チャドってそんなに昔から生きているの？」

アイラは素直に驚きを示した。チャドは神妙にうなずき、『年寄りは大事にするものだぞ』と付け加える。

『隕石は当時ここにあった国を、あっという間に滅ぼしてしまった。我は地面にかかわる力はあるが、空から降ってくるものに対しては無力だ。なすすべもなく、見ていることしかできなかった』

「あれ？」

その時、アイラはふっと、表情を変えた。

「……チャドがいる」

「え？」

「チャドの魂の欠片が、薄く広がっている」

驚くアイラとオリバーに、チャドが『静かに』と言う。

『昔、埋めたのだ。この地をこれ以上脅かすことがないよう。結界を張るという意味でな。しかし、時の流れに抗うことはできない。我の結界はここ百年ほどまったく機能しておらず、この土地への人の侵入も、たやすく許してしまった。先日、結界から力を吸い取ってしまったのも、守りの力が弱まっているからだろう』

はるか六百年の時を、チャドは振り返る。

オリバーは、歴史の授業を思い出していた。

六百年前ならば、オズボーン王国はおろか、ボーン帝国もなかった頃だ。

おそらく、小国が乱立し、群雄割拠していた時代だろう。

「チャドは、ここにあった国を守護していたの？」

『我が守護していたのは国ではない。ここを統べていた女王だ』

「女王……？」

『お前たちの母親……フィオナに少し似ていたな』

オリバーは自分の体から熱を感じた。なんだろうと思うと、ポケットに入れていた石が、ぼやぼやと熱を発している。まるで、なにかを訴えかけるように。

『我は、あの子の。……グロリアの亡骸《なきがら》を守りたいだけだ』

「うわっ」

チャドが名前を呼んだ瞬間、石は光を放ちだした。驚いたアイラはオリバーにしがみつく。

『なに？』

「オリバー、なにを持っているの?」

「なにって、ただの石だけど。……前にこのあたりで拾った……」

手のひらにのせた白く軽い石。それを見てチャドが目を見張った。

『グロリア……?』

「え?」

アイラもオリバーも、彼のつぶやきに目を見張る。

『オリバー、見せて』

リーフェがオリバーの体に触れた途端、白い石はまるで力を得たかのように、さらなる光を放つ。力が吸い取られる感覚に焦りながらアイラを見ると、彼女もまた苦しそうに顔をゆがめていた。

「アイラ、これって」

「うん。この石が私たちの力を吸い取っている」

周囲を覆うほど強い光があたりを包んだ。オリバーはまぶしさに目を閉じる。

次に開けたとき、あたりは暗闇だった。否、正確には、森が広がっていた。先ほどとの対比で、暗く見えただけだ。

「森……?」

戸惑うオリバーに、アイラが人さし指を立てる。

「しっ、これ、たぶん、この石が持っている記憶じゃないかな」

不可思議なものを見慣れているアイラは、順応《じゅんのう》が早い。互いに手をしっかり握ったまま、ふたりは目の前に広がる光景を、息をひそめて見つめた。

目の前には見えない壁があり、そこを超えることはできなそうだ。

自分たちは宙に浮いていて、森に囲まれた土地を、やや上の方から眺めているような状態だ。

突然、木々が揺れる。と思ったら、軽い身のこなしで、ひとりの女性が地面に降り立った。

『グロリア！』

チャドが壁にぶつかりながら叫ぶ。それが、眼下に見える幻のような光景の中にいる女性の名前であることは、その様子を見ていればわかった——。

＊　＊　＊

森の入り口につないでいた栗毛の馬に、黒髪の女性が駆け寄る。

「待たせたわね、パルフェ」

長く伸びたストレートの髪、やや垂れ目で穏やかな笑顔は、フィオナに少し似ているが、彼女よりもずっと快活そうだ。

女性はぴょんと馬に飛び乗ると、勢いよく走りだした。森を抜けると、そこには民の暮らす家々や田畑が広がっていた。大きな湖がありそこから引いている水のおかげで、田畑は潤っている。田畑を抜けると家が増えてきて、さらに先に城が見えた。

女性は少しスピードを落とし、田畑から手を振ってくる民に手を振った。

「女王様」

「皆、ご苦労さま。おかげで今年も冬を越せそうだわ」

「豊穣《ほうじょう》の神に愛された、グロリア様のおかげです」

「ふふ。そうだといいけれど」

女性——グロリアが、微笑む。すると、話している男の娘が家から飛び出してきた。

「グロリア様ー！」

小さな少女は両手でなにかをかかえている。足がもつれているのを見て、グロリアは馬から飛び降り、綱を男に預けて駆け出した。少女が転びそうになるところを間一髪捕まえる。

「きゃあ」

「ほら、危ないわ。そんなに急がなくても、消えたりしないわよ」

「ありがとうございます。グロリア様」

男の妻がようやく追いついてきて、少女をグロリアから受け取る。

少女は無邪気に手の中の包みを、グロリアに差し出した。

「これね。クッキー。神様にあげてほしくて」

「まあ、ありがとう。きっと喜ぶわ」

「えへへー」

グロリアは遠慮なくクッキーの袋を受け取り、ウィンクをしてみせた。

「豊穣の神はこれが大好物なの。早く持っていってあげなくちゃね」

「やったー！」

喜ぶ少女に別れを告げ、グロリアは再び馬にまたがった。

戻った先は、神殿だ。グロリアはカルニック王国の女王だが、王城よりも神殿にいる方が多い。

「戻ったわ、チャド」

『ふん。どうしてお前はそうせわしないのだ』

そこにいたのは、今の姿よりもずっと大きなネズミの聖獣だ。体毛は金色に光っていて、抱き上げるとちょうど腕に収まるサイズだ。

不満そうな彼の首に、グロリアは腕を回してしがみつく。

「んー。ふわふわ。相変わらずいい毛並みね！　チャド」

『はしたないぞ。まったくお前は、それでこの国の女王などとは……』

そう言いつつ、チャドもまんざらでもない。

「小言はたくさんよ、チャド」

グロリアにそう言われ、チャドは黙ってぷいとそっぽを向いた。

カルニック王国は、肥沃《ひよく》な大地に守られ繁栄した王国だ。善良な国民と気さくな王家の関係は良好だった。とくに女王グロリアの時代は、彼女を愛した聖獣が外敵から国土を守ってくれたため、平和そのものだった。

〝神様〟――チャドがグロリアの前に姿を現したのは、十年前。

両親を早くに亡くし、わずか十五歳でグロリアが王位を継いで、しばらくした頃のことだ。

――王位を継いだばかりのグロリアは、次々と現れる難題を処理するのに必死だった。なにせ、後見人として権力をむさぼろうとする者、王配になろうと画策する者など、グロリアの周りは悪意で満たされていて、信じられる者などほとんどいなかったのだ。

カルニック王国の王家は、巫女《みこ》の血筋だ。王位は女性が継承するもので、女王は神殿に祈りをささげ、神託を得て国を守る。

グロリアは信じられる者が誰もいない中、ただ神託を頼りに国政を担ってきた。

『嫌にならないのか、お前は』

とある日の祈りの時間にそんな声が届き、思わずグロリアは口をぽかんと開けてしまった。それまで、真面目くさった神託しかもたらされなかったのに、急に気さくに話しかけられたのだから。

「神様?」

『おもしろがって続けていたが、飽き飽きしてきた。なんだ、お前の周りの男たちは』

豊穣の神と言われている女神像のうしろから、ひょっこりと現れたのは大きなネズミだ。

「ひゃっ……」

『我が名はチャド。お前たちが神だとあがめてきたものだ』

「まあ、こんなに小さかったの、神様は」

『神ではない。我は聖獣だ』

チャドは鼻をツンと立て、得意げに言った。金色に光る毛並みは神々しいが、あまりにも見た目がかわいすぎる。グロリアは、笑いたいのをこらえるのに精いっぱいだ。

「飽き飽きしたということは、もう守護はしてくださいませんの？」

『……お前がしてほしいなら、考えてやらんこともない』

尊大な言い方だが、鼻をツンと立ててひげをぴくぴく動かすあたりは好奇心でいっぱいといったふうで、子供のようだ。

「私はまだ若い、頼りない女王ですもの。ぜひお願いいたしますわ」

『ふん。仕方ないな。では我のことはチャドと呼べ』

それから、チャドはグロリアにだけは本当の姿を見せた。

時折、肩にのれるほど小さなネズミに化けて、一緒に国中を見回ったりもした。

そうして、長い時が過ぎていく——。

「あなたの好きなクッキーをもらってきたのよ」

グロリアに小さな袋を見せられて、チャドのひげがぴくぴくと動く。

『なんだ？　貢ぎ物か？』

「私の神様はクッキーが大好きって知れ渡っているのよ」

グロリアは小さく笑うと、自分でクッキーを一枚食べてから、チャドに別の一枚を渡した。

しばらくは咀嚼の音だけが響く。チャドが、グロリアに負けじと食べるものだから、グロリアは笑いをこらえるのに苦労しなくてはならなかった。

やがて食べ終わると、チャドは神妙な声を出した。

『結婚をせっつかれているのではないのか、グロリア』

「そうね。でも、まだいいわ。あなたがいるのだから、この国はしばらく平和でしょう？」

当時のグロリアは二十五歳。王族としては行き遅れの部類に入る。しかし、彼女は夫を欲しがらなかった。適齢期の頃に寄りついてきた男たちによって、男性不信になっていたのだ。

しかしチャドも、とくに気にはしていなかった。土地はチャドが守り続けるのだ。後継は必要だが、それを考えるのはもう五年くらい先でもなんとかなる。

そんなふうに軽く考えていた矢先、運命の日がやって来た。

空はあかね色で、いつもとは違う風が吹いていた。不安に怯える民が空を見上げていると、たくさんの隕石が落ちてきたのだ。

「逃げろ！」

巨大な隕石は、炎をまとって近づいてきた。地面に到達するまでに形を失うものもあったが、多くは地面や建物に落ち、周囲を火の海に巻き込んでいく。

湖に大きな隕石が沈み、津波となって水があふれ出し、低地の田畑をのみ込んでいった。同時に、蒸発した水分が白い煙のように漂い、人々は視界を奪われる。突然の出来事に、多くの人が騒ぎ、逃げ惑った。

「建物の中に逃げ込みなさい！　とにかく、身の安全を一番に考えなさい！」

グロリアがそう叫ぶ間にも、小さな隕石が落ちては、地上に穴をあけていく。

『グロリア、危ない』

チャドは、落ちてくる小隕石から、グロリアを守ろうとした。

チャドは地に対して力を発揮できる聖獣だ。地面を耕し豊穣を約束することはできる。大地を揺るがすことも可能だ。

しかし、空からの飛来物に対しては、あまりにも無力だった。

「チャド、お願い。みんなが一時的に隠れられるような大穴を掘ってほしい。とにかくこの隕石の雨がやむまでこらえなければ」

『お前、この土地に何万人の人間がいると思っているんだ?』

「でもお願い。私は、みんなに言って回るから!」

『グロリア!』

チャドが守りたいのは、グロリアだけだ。ほかの人間など、どうでもいい。

だけど彼女が、全員を避難させた後でなければ、避難に応じないであろうこともわかっていた。

『くそっ、この王都の人間だけでも逃がさねば、話も聞かぬか』

舌打ちをし、チャドは避難壕《ごう》となるよう、岩場の石をくり抜いた。しかし、そこに人が逃げ込む前に、これまでとは比べものにならない大きさの隕石が、炎をまとったまま落ちてきたのだ。

『いかん、グロリア!』

周囲に、ひときわ大きな悲鳴が響く。

隕石は、チャドが動くよりも早く、地面へと激突した。地面が砕け散り、破片が周囲に飛び散る。ぶつかった際の衝撃波が全体に広がり、それによって周囲の人々が皆吹き飛ばされる。ひとたまりもないとはこのことだ。あっという間に湖は干上がり、周囲はがれきだらけの廃墟と化した。

『グロリアー！』

そこには、多くの人間がいたはずだ。少なく見積もっても、数百人はいたはずだった。それが一瞬で消えたのだ。残された家屋も炎に包まれていて、生き残りを捜すのは難しいと思われた。

『嘘だ。……嘘だ！』

チャドはグロリアを捜し回った。まだ燃えている火の中に入るのもいとわずに。しかし、チャドは、グロリアの遺体すら見つけられなかったのだ。

『……グロリア、どこだ。グロリア……！』

チャドはその日。この土地全体に守りを敷いた。いまだ見つからないグロリアの屍《しかばね》が荒らされることのないよう、この一帯に土で蓋をし、岩場につくり替えた。

『せめてお前が安らかに眠れるように』

――チャドはずっと力を注ぎ続けた。六百年。それは、チャドが聖獣としての力をほぼ使いきるほどの長い年月だ。大きな体は維持できなくなり、今や手のひらにのるほど小さなネズミの姿となった。なけなしの力で地面を揺らすことで、この地を脅かすものに必死に抵抗してきたのだ。

＊　＊　＊

――石の持っていた記憶が途切れると同時に、あたりはもとの光景に戻った。

「……チャド」

「そんなことがあったの」

チャドの過去を垣間見たアイラとオリバーは、顔を見合わせた。

守るべき人を守れなかった彼は、代わりのように、この土地を守ってきたのだろう。

「六百年って、どのくらい？　オリバー」

「おじい様のおじい様、さらに……もっと数えきれないくらい前のことだよ」

「聖獣って……そんなに長く生きるの？」

アイラのつぶやきに、ドルフが首を横に振る。

『種族によるな。狼族は二百年ほどだ。初代も王家を三代見守った頃に身罷《みまか》ったと――』

「身罷かった？」

『亡くなった、ということだな。……長命の理由は、おそらく小型の種であることか、単純に力が強いか、力を使う箇所を限定してきたか』

もしくは、執念。

グロリアの眠る場所を守りたいと願いながら、それだけに力を使い生きてきた。

『まあ、そんなところだ……』

身を削りながら生き長らえたネズミは、小さな背中を丸めている。

「その間、ひとりで生きてきたの？　チャド」

アイラの瞳に涙が浮かび上がる。

『はっ、同情など、されたくもない。それより、なぜこんな光景が浮かんできたんだ？』

「この石が、僕たちから力を引き出したんだ」

オリバーが差し出した白い石。チャドはちょこちょこと近づいてきて、触る。

「前に、ドルフと散歩に来て拾ったんだ。なんとなく、この石自体が僕を呼んでいた気がして、最近はずっと持っていた」

いびつな形の白い石は、ほのかに光っていた。

『これは……おそらくグロリアの骨だ』

「え？」

オリバーは思わず手を引っ込めそうになる。人間がこんなふうに残ることがあるとは、思わなかったのだ。

アイラがまじまじと石を見る。

「嘘。本当に？　そんなことある？」

『あの時、隕石はこの土地を穴だらけにするような勢いで落ちてきた。つぶされた遺体が無事だったかどうかも怪しいものだ。残った遺体の一部分が長い年月をかけて風化し、骨が摩耗して石のように残ることもあるだろう』

チャドがそう説明し、『まあそれだけの年月がたったということだな』とドルフが続ける。オリバーはなんと言っていいかわからず、ただその石を握りしめた。

自分たちとは違う時代に生きた、女王。自分の王国の終わりを、どのような気持ちで受け止めたのだろう。あるいは、そんなことを考える間もなく、逝ってしまったのかもしれない。

「もし、本当にグロリアさんの骨なのだとしたら、これはチャドに返すよ」

『オリバー』

チャドは目の前に置かれた白い石に前足をあてる。

なにか感じるものがあるのだろうか。表面をなぞるように前足を動かした後、彼はその石を抱きしめた。

『……グロリア』

愛おしさを感じさせる声は、オリバーの胸に切なく響く。彼が守りたかったのは、きっとこの土地でも王国でもなく、彼女ひとりだったのだ。

その時、馬車の音がした。

『みんな、隠れろ！』

ドルフの指示に従って、オリバーを筆頭に岩陰に身を寄せる。

やって来た馬車は、鉱山の入り口で止まった。

降りてきたのは三人の男たちだ。カンテラを掲げ、ツルハシやハンマーといった工具を持っていた。

「あの人たち、こんな夜になにをする気なのかな」

「しっ」

小声でアイラが聞き、オリバーは人さし指を立てる。

男たちは、すり鉢状の穴の方へ向かうと、階段状に掘り下げられた斜面を下りていき、横穴を覗き込みながら話していた。

「ここに埋めろっていうのか？　そんなことをして意味があると思うか？」

「仕方ないだろう。領主様の命令だ」

「一度採った鉄鉱石を埋めたところで、すぐにバレるんじゃないか？」

不穏な内容だ。オリバーがチャドを見ると、彼は怒りで体を震わせていた。

「明日の地質調査に、ひとり領内の者を紛れ込ませるそうだ。そいつに発見を誘導させるつもりらしい。鉄が出なければここは廃坑になるからな、領主様はそれを恐れているようだ」

「だが、本当に採れなくなってきただろう」

「それでも、ここで見放されれば国家からの補助金が打ち切られる。領主様としては可能性をつないでおきたいんだろう。私財もだいぶ投入したようだからな」

どうやら彼らはベンソン伯爵の手の者らしい。

「ねぇチャド、ここってこれまでそんなに鉄が採れていたの？」

『ああ。鉄は、あの時に降ってきた隕石に、多く含まれていたようだ。その多くを採りつくした今、これ以上の採掘は意味がない。だからさっさとあきらめればいいものを……。たわけが、散々この土地を荒らしておいて、まだそんなことを言うのか』

次の瞬間、微弱な地震が起こった。見れば、チャドの体がわずかに光っている。

オリバーは、思わず息をのんだ。止めなければと思うけれど、再び力を増幅させてしまうことが怖くて、チャドを触ることができない。オリバーが、声も出せず固まっていると、アイラが体重をかけてチャドをつぶした。

「チャド、地震を起こしているでしょう！　待ってよ。危ない。あの人たちが怪我したらどうするの？」

『知るか！　もう人間などうんざりだ。このまま全員殺してやる。頼む、オリバー。力を貸してくれ』

チャドの声は必死だ。アイラは不安げに、ドルフとリーフェも心配そうにオリバーを見つめる。

しかし、オリバーはゆっくり首を振った。

「チャド。僕は君のやり方には協力できない。採掘を止めるのにはほかの手段もある。僕は王太子として正しい選択をしなければならないんだ」

『だが……！』

「前の地震のこと、忘れたわけじゃないでしょう？　僕はもう国民を傷つけるのは嫌だ。ここを崩したら、なにもしていない善良な国民まで巻き込むことになってしまう」

『だがっ』

『王の子の言う通りよ』

オリバーの頭の中に、女性の声がした。周囲を見れば、みんなも不思議そうに互いの顔を見合っている。チャドも動きを止め、きょろきょろあたりを見回した。

『今の声は……』

「チャド、ちょっとその石を触らせて？　オリバー」

アイラが確信を持って石を握りしめる。そしてオリバーの手を握った。

すると、石の上に女性の幻影が浮かび上がった。黒く長い髪を、丁寧に編み込んでいる。くりっとした丸い目は穏やかなだけでなく力も感じさせる。

『グロリア……』

『チャド、力を使っては駄目』

驚いたことに、幻影はチャドに向かって話しかけた。

『お前、話せるのか？』

『少しだけ？　残留思念と言えばいいのかしら。あなたがこの土地にかけた守りのおかげで、私の意識は私の欠片と共に残っていたの。チャドにどうしても言いたいことがあって』

『我に……？』

チャドは前足を伸ばしグロリアに触ろうとする。が、そこに浮かんでいるのはあくまで幻影で、触れることはできなかった。

『あなたがこの土地を守ってくれるのは、私が守護してほしいと願ったからでしょう？』

グロリアの顔が寂しそうにゆがむ。

チャドは少し目を細めた。彼が土地に守りをかけたのは、せめて亡骸だけでも穏やかに眠らせたかったからだ。守ると約束したのに、守れなかった。せめてもの贖罪《しょくざい》として、自分の残りの命をすべてかけて、グロリアの眠る土地を平和なまま維持したかった。

『もうね。いいのよ』

『な、なにを言う！』

あっさりと言ったグロリアに、チャドは目をむいた。

『お前は、この土地が荒らされてもいいというのか？　お前の愛した民も、国も、お前の体だって、すべてこの土地に眠っているというのに』

チャドは必死に訴えたが、グロリアは穏やかに笑った。

『私の王国が滅びて、もう六百年。守るべき国を失った私に、ここに縛られる理由はないの』

幻影のグロリアは手を伸ばし、チャドを抱きしめようとする。

『この土地は、今ここに生きる人たちのためのものよ。もちろん、採れない鉄鉱石を捜すために地を掘り返す行為は馬鹿げている。それでも、これは私たちが口を出す問題じゃないの。この国に生きる人々が、自分たちで答えを見つけるべきことよ』

オリバーはグロリアの言葉に共感できた。チャドの行動に、ずっと持ち続けてきた違和感の正体はそれだ。

チャドはあくまでも失った王国に主眼を置いていて、今を生きる人々は悪影響をもたらす存在として認識している。それが、今の王国に生きるオリバーには納得がいかなかったのだ。

『なぜだ。……我はお前を、守りたくて』

『わかっている。ずっとお礼が言いたかったの。だからずっと機会を待っていたわ。話ができるようになるのを』

グロリアは微笑み、アイラとオリバーに語りかけた。

『ありがとう。王家の子供たち。あなたたちのおかげでチャドと話せた』

「グロリア様は、ずっと見ていたんですか?」

この現象を抵抗なくとらえていたアイラは、グロリアに問いかける。

『ええ。でも私の声は、チャドには届かなかったの。彼は私を心配して、この地を守り続けたし、私は彼を心配して、ここにずっととどまることになった。あのねチャド。私、もういいの。私の守るべき民はもうここにはいないのだもの』

『グロリア』

その時、作業をしていた男たちの声が響いてくる。

「また地震だ。なあ、これで本当にいいのか？　もし作業中に大地震が起きたりしたら、俺たち、生き埋めになるんだぜ？」

男の声に戸惑いが交じり始める。

「そうだよな。領主様、そのあたりのことはどう考えているのだろう」

「俺たちなんて捨て駒なんだろう。どうせ」

三人は顔を見合わせ、考える。

「なあ、やっぱりやめよう。調査は正しくおこなわれるべきだし、出なきゃ出ないで仕方ないじゃないか？」

「まあ、鉱山で利益を得だしたのなんてここ半年の話だしな。以前と同じように農業で稼げばいいんじゃねぇか」

「でも、このまま俺たちが戻ったら、罰せられるんじゃないか？」

男たちは顔を見合わせまた悩み始める。

オリバーは割って入っていって、彼らの応援をしたくなった。が、姿を見られてもまずい。

悩んでいると、やがてひとりの男が言いだした。

「今、国王様が滞在しておられるじゃないか。領主様にこんな指示をされたって言ってみたら、なんとかしてくれないかな」

「馬鹿、俺たちがどうやって陛下に謁見《えっけん》するんだよ」

「オスニエル様は公明正大なお方だと聞く。直談判してみれば、案外話を聞いてくださるんじゃないか」

「そ、そうだよ！　……もがっ」

オリバーは思わず口走ってしまった。アイラが慌てて口を押さえ、黙って様子を見る。

「今なにか聞こえたか？」

「ああ。なんか人の声のような」

「キャン」

ドルフが子犬姿になり、その場から飛び出した。

「なんだ、犬かぁ」

男たちはホッとしたように胸をなで下ろし、顔を見合わせて笑った。

「……なあ、やっぱ、やめようぜ。どうせ、掘り返したところを埋めたってすぐにバレるよ。調査に来るってことは専門家なんだろうし」

「うーん。そうだなぁ」

「このタイミングで地震が起きたのも、なんかの思し召しのような気がするだろ」

男たちは納得し合い、再び馬車へと乗り込んだ。

馬のひづめの音が遠くなった頃、ようやくアイラがオリバーの口から手を放す。

「ああもう、びっくりした。大きな声出さないでよ、オリバー」

「ごめん。……でも」

オリバーは感激していた。きっかけはチャドが起こした微弱な地震ではあったが、作業員たちは自分で考え直してくれた。

その理由のひとつとして、オスニエルの王としてのあり方が影響していたのだ。

（民の声に耳を傾ける。父上がそうしてきたから、あの人たちは間違いを正そうとしてくれたんだ）

王としての生き方が、民を変えることもできる。であれば自分は、自分らしく正しく生きることで、誰かに道を示すことができるかもしれない。

「父上はすごい」

「そうね」

「僕、父上のようになりたい」

瞳をキラキラとさせてそう言うオリバーに、アイラは満面の笑みを見せる。

「オリバーなら、できるよ、きっと」

『王家の子供たち』

グロリアが話しかけてくる。彼女の体は先ほどより薄くなっていた。

『未来は、あなたたちの手の中にあるわ。国を統べることは簡単ではないけれど、正しさを見失わなければ、大丈夫。ふたりでこの世に生を受けたあなたたちは、互いを客観視できる。きっと、支え合い、いい国をつくることができるでしょう』

『グロリア、逝くのか』

『ええ。チャドと話せたもの、もう心残りもないわ』

グロリアが少女のような笑みを見せる。チャドは神妙な顔をすると、目を閉じた。

するとチャドの体が少し大きくなり、体毛の光がいっそう強くなる。

彼はその後、グロリアの骨に手をあて、力を込めた。石は光を放ち続けるが、チャドの体は徐々に縮んでいき、体毛もやがて光を失っていく。

『土地を守っていた力と、残っていた力をすべてこの石に込めた。これをオリバー、お前にやろう。地面にまつわることならばたいていのことはできるだろう。まあ、永遠ではないがな』

「チャド、でもこれがないとチャドは……」

『我も、もうここに執着する必要がなくなったのだ。約束を守ってやれなくて悪いが』

オリバーだけの聖獣になると言ってくれた約束を、チャドが覚えていたことがオリバーは意外だった。

「チャド……、覚えていてくれたんだね。いいんだ。僕にはリーフェがいるんだもん。ずうずうしい願いだった。ごめんね」

『お前のことは気に入っていたよ、オリバー。だが我はもう、消えゆく聖獣だ。せめてもの力を置いていく。どうか』

――この地を正しく導いてほしい。

最後まで言葉にする前に、聖獣とグロリアの姿が薄らいでいく。

「待って、チャド！」

オリバーが呼びかけたときには、チャドとグロリアの姿はすっかり消えていた。

「待ってよ。……言えなかった。僕、チャドに会えてうれしかったんだって」

「オリバー」

「僕に加護をくれるって言ってくれたこと、自信をくれたこと、本当に……うれしかったんだ」

「伝わっているよ。チャドはオリバーの不安だって、ちゃんと見抜いていたんだもん」

オリバーはアイラと顔を見合わせ、少し泣いた。ドルフとリーフェが慰めるようにそばにいてくれたので、オリバーは救われたような気持ちになる。

『さあ、帰るぞ』

「うん」

帰りの移動は、行きよりもゆっくりだった。オリバーはドルフにしがみつき、眼下の街を眺めながら、チャドの言葉を考えていた。

（正しく国を導くために、僕にできることはなんだろう……）

ほかの人間は誰もオリバーたちの不在に気づいていなかったようだが、フィオナだけは違った。

「ドルフたちもいなかったから、きっと一緒だろうとは思ったのだけど」

と言いつつ、勝手に出かけたことをしこたま怒られた。

それでも、オリバーはなんだかくすぐったい気持ちになる。愛されているからこそ、叱られるのだ。それが今ならば、よくわかる。

オリバーは手の中の白い石をぎゅっと握りしめ、誓った。この国を、土地を、よりよく生かしていくのだ。それが、王の子として生まれたオリバーにできることだから。

鉄鉱石の行方

翌日、オリバーはフィオナに、ベンソン伯爵領に連れていってくれるように頼んだ。

「あなたが行ってどうするつもりなの？」

「父上やベンソン伯爵に直接伝えたいことがあるんです。どうしても今じゃないと駄目なんです」

ベンソン伯爵の領地に行くには丸三日かかる。その間、学校を休むことになるので、フィオナは許可を渋っていた。オスニエルに会うだけならば、ドルフの力を借りて時を止めている間に行ってくれれば済むことだ。

「皆さんに話を聞いてもらわないと駄目なんです。だから、ドルフに乗ってじゃなくて、誰の目にもわかる移動方法で行かないと」

「母様。私からもお願い。授業のノートは私がちゃんと取るし、後でオリバーにも教えるから」

ふたりの必死な様子から、ただ事ではないと感じ取ったフィオナは、カイに護衛を頼んで、連れていってもらうよう手はずを整えた。

「なんか、すっきりした顔をしていますね」

旅の道中で、カイがオリバーに言う。

「わかる？」

「ええ。キラキラとしたいい目になりましたよ」

「そうかな」

まだ乗馬は練習中なので、オリバーはカイに同乗させてもらっている。

自分をよくわかってくれているカイにそう言ってもらえるのは、うれしくもあり、安心もする。

「よくね、ポリーと話をするんです」

「なにを？」

「俺たちの子供たちがオリバー様やアイラ様に仕えるのだろうなぁと。楽しみで仕方ないですよ」

カイの言葉には裏がない。すとんと胸の奥に落ちてきて、オリバーは素直にそんな未来を想像できた。

フィオナにとってのポリーのように、オスニエルにとってのロジャーのように、心から信頼できる人がそばにいる未来。そんな未来をオリバーはこれから仲間と共につくっていくのだ。

「僕も、……楽しみだよ」

「俺もその時まだおそばにいられるといいんですけどね。もうすでにおっさんですからねぇ」

「カイは父上より年下でしょう？　まだまだずっとがんばって、僕を支えてよ」

「はい。光栄です」

オリバーは前を見る。オスニエルはオスニエルのやり方で、オリバーはオリバーのやり方で国を支えていくのだ。やり方は違っても、目的は一緒だ。きっと支え合っていける。

そう考えられるようになったことが、一番うれしかった。

＊　＊　＊

オスニエルは困惑していた。

オリバーの一件から現地に戻って、オスニエルはベンソン伯爵に再び土地の調査を命じた。その際、地質の専門家も一緒に付き添わせた。

彼によると、ここは非常に変わった地層をしているらしい。

表土は硬い岩場となっていて、その下に岩盤と砂礫が入り交じる層がある。純度の高い鉄鉱石が採れたのもこの地層だ。火山などの溶岩でできた地層に似てはいるが、相違点もまた多くあるそうだ。

そのすぐ下の層が、粘土層になっていて、かつてここに深い水場があったことを示している。しかしずいぶんと時がたち、水が抜けたことにより隙間が多く、これが地盤沈下の原因となっているようだ。

「比較的薄い岩盤の層からしか、鉄鉱石は採れないのだ。であれば、もう採りつくしたと考えるのが妥当ではないのか？」

「たまたま調査したところが薄い層だっただけかもしれません。通常、半年で採りつくすことなどないでしょう？　陛下だって、鉄が必要だとおっしゃっていたではありませんか」

「しかし、無理に採掘をして地盤が緩んではどうしようもない」

ベンソン伯爵との話し合いは平行線をたどっている。領主館の応接室の空気は重くなる一方だ。

「べつに補助金を返せと言っているわけではない。今ここで閉山することに問題でもあるのか？」

「補助金だけで全部賄えているわけではないのです。働く人間への保障だってあります。一度始めたものをそう簡単にやめるわけにはまいりません」

オスニエルには、伯爵の言うことも理解はできる。

実際に領土で働く労働者に責任を持つのは、土地の管理者である領主だ。鉱山を開くにあたり、新規に雇った人間も多いだろう。突然仕事がなくなることを恐れるのは当然の心情だ。

「だが、実際、地盤沈下は起こった。今回は軽いものだったが、採掘を続けることによってリスクは高まるだろう？　たしかにこの土地から採れた鉄は素晴らしいものだった。しかし、人命に変えられるものではない」

「しかし、仕事がなくなれば死ぬしかない人間だっております」

とはいえ、その後の仕事の斡旋《あっせん》まで王家主導でできるわけではない。人には人の役割がある。国王が末端にまでかかわっていては進むべき話が進まない。

ノックの音がして、ベンソン伯爵家の執事が入ってきた。オスニエルにも頭を下げ、小声でベンソン伯爵に伝える。

「伯爵様。作業員たちが、お話があると」

「またか？　あいつらは解雇したはずだ。それに、今は陛下との話し合い中だ。追い返せ」

「それが、……オリバー王太子が一緒におられるのです」

「は？　オリバーが」

驚きで立ち上がったのは、オスニエルだ。

慌てて窓から覗くと、オリバーがカイを連れてそこにいるではないか。

「オリバー？」

「父上。勝手をして申し訳ありません。ですが、どうしても伝えなければならないことがあるのです」

オリバーは二階の窓を見上げて、堂々と言った。

「ほ、本物……！」

ベンソン伯爵はうろたえつつ、オリバーを応接室へと招き入れた。

＊　＊　＊

「まず、突然の訪問をお許しください。ベンソン伯爵」

オリバーがそう切り出し、ベンソン伯爵は手をこね回すようにして「いえいえ。そんな恐れ多い……」と恐縮している。

オスニエルは険しい表情でカイを睨んだ。

「オリバーはまだ十歳だ。公務にもかかわらせていない。なぜ連れてきた、カイ」

「フィオナ様のご命令です。謝罪を含め、お手紙を預かっております。まずはご覧ください」

緊張した面持ちでカイが差し出した手紙を、オスニエルは乱暴に受け取る。すぐに目を通してはくれたが、不満そうな様子は変わらない。

「信じていただけるかはわかりませんが、僕は先日、聖獣の神託を受けたのです」

オリバーが神妙な表情で言う。

「は？　聖獣？」

戸惑うのはベンソン伯爵だ。オズボーン王国は武力で成長した国であり、聖獣といった不可思議なものは信じられていないのだ。

「オリバー様のお母上は、聖獣の加護を受けたブライト王国出身ですから」

さりげなくオリバーを擁護してくれるのは、オスニエルのうしろに控えるロジャーである。

「で、聖獣はお前になんと言ったのだ」

オリバーは、不機嫌そうなオスニエルを見つめながら、深呼吸をした。出すぎた真似《まね》をしていることは百も承知で、オスニエルが、そのことで怒っているのもわかっている。

それでも、これはチャドの力を込められた石を託された自分がしなければいけないことなのだ。

「その聖獣は、かつてこの土地に住んでいたそうです。ボーン帝国の前の時代にあった一小国で、神としてまつられていた……と。ここで採れた鉄鉱石は、空から落ちてきた隕石の主成分だそうです。隕石は聖獣がいた国も含め、この一帯に存在していた国を滅ぼしてしまったのだとか」

「ほう？　……それで？」

隕石と鉄の関係を伝えると、オスニエルの態度が少し軟化した。続きを促す言葉も出てきたので、オリバーはホッとして続ける。

「隕石によってできた地層はそこまで厚いものではないそうで、これ以上の採掘は意味がない。むしろ、この土地を荒らすだけだ、と。だから採掘を止めるようにと僕に訴えてきたのです」

にわかには信じられない内容に、ベンソン伯爵はうろたえる。

「お、お言葉ですが、オリバー様は夢でも見られたのでは？　聖獣だなんてそんなもの、私はここにずっと住んでおりますが、一度だって見たことはありません」

「聖獣はいます」

オリバーはキッと顔を上げた。

オスニエルの力を借りず、ここを切り抜けるのだ。聖獣の加護を得ているのはオスニエルではない。オリバー自身なのだから。

「リーフェ、お願い」

自分に加護をくれた聖獣の名を、オリバーは心を込めて紡いだ。

しばらくののち、頭の中に『いいよー』という彼女の声が響く。

室内に微弱な風が吹き始める。

「なんだ？　窓は開いていないはず……」

ベンソン伯爵がうろたえたようにあたりを見回す。風は窓枠を揺らし、オリバーはリーフェの気配を近くに感じる。

『姿を見せてもいいの？　オリバー』

「リーフェが困らないなら」

『じゃあ……』

ぼわりと浮かび上がる狼の影は、オリバーの背後に立ち、彼を守るように尻尾を揺らす。ベンソン伯爵とその配下、そしてロジャーが、驚きで身をすくめる。

「お、お、オスニエル様。オリバー様の背後に化け物がぁ！」

慌てるロジャーの頭をオスニエルが小突く。

「馬鹿、あれは聖獣だ」

リーフェの瞳がきらりと閃《ひらめ》き、書類を巻き上げるほど強い風が一瞬だけ起こって消えた。

「……僕にはブライト王家の血が入っています。聖獣がオズボーン王国で信じられていなくとも、実際に僕を守ってくれる聖獣はいるのです。どうですか？　伯爵。これで信じていただけますか」

「わ、うわああ。化け物」

伯爵がそう言った瞬間、オスニエルがロジャーの腰から剣を引き抜き、伯爵の頬にあてる。

「伯爵、黙れ。俺の息子に暴言を吐く気か？　……聖獣自体はいる。妻のフィオナも不思議な力を使うのだ。俺が見ているのだから間違いはない」

「へ、陛下」

オスニエルは立ち上がり、オリバーに近づくと威圧的に見下ろした。

「ただ、国王として、今のお前の話をうのみにすることはできない。ほかの聖獣の話は信じられないな。ここを守護する聖獣がいたとして、お前にそれを頼む理由はなんだ。現時点で、聖獣がお前を頼ったと証明するものはなにもないのだろう？」

「この土地からもう鉄が出ないのは、ベンソン伯爵もうすうす感じておられるのではないですか？　聖獣は僕に言いました。過ちに気づかせるために、地震を起こし、地盤沈下を誘発したのだと。それでもやめないのならば、もっと大きな地震を起こすつもりだったそうです。ですが、彼らの会話を聞いて、やめたそうです」

「彼ら？」

オリバーが示したのは、三人の作業員だ。

「伯爵は彼らに、鉄鉱石を埋め戻し、調査に備えるように言ったそうですね？」

「貴様ら……っ」

ベンソン伯爵が彼らを睨む。

「伯爵、黙れ」

それを睨んで抑えつけたのはオスニエルだ。

「でも彼らは、その命令に従うか迷っていたようでした。本当に地盤沈下が起こるなら、こんなことをしてはならない。犠牲になるのは、彼らのような末端の作業員ですから。彼らがやめる決断をしたことで、聖獣は考えを改めました。人間たちが自らの過ちを認めるのならば、この土地を人間に託す、と言ってくれたのです。僕がその伝言役に選ばれたのは、たまたま聖獣の声を聴くことができる人間だったからです。彼はこの石を、僕に託してくれました」

オリバーはオスニエルに白い石を差し出す。

「これは？」

「聖獣の力が込められた石です。彼が言うには、地面に関することであれば、たいていのことができると。……相当のエネルギーが詰まっているそうです」

オスニエルが意外そうに目を見開く。

「聖獣の力が込められた石……？」

「嘘だろう？　聖獣は自分の意思を大切にする。加護は与えても、無条件で力を与えるようなことはしない」

オスニエルのつぶやきに、オリバーはたしかにそうだったと思い出す。

フィオナはドルフに愛されていると思うが、フィオナがオリバーを夜の散歩に連れていかないように言っても、オリバーが願えば連れていってくれる。リーフェも、自分が嫌なときはてこでも動かない。聖獣は己の意思でのみ力を発揮するのだ。

「力が込められた石をもらうなんて。オリバー、お前。……聖獣に信頼されたのか」

驚いたままつぶやくオスニエルに、オリバーはチャドから受け取ったものの重さに気づいた。ただ力を与えられたのではない。これは信頼だ。大きすぎる力を、正しく使えると信じてくれたから、チャドはオリバーにこの石をくれたのだ。

オリバーは顔を上げ、決然と言葉を発する。

「はい。ですから、差し出がましいのは承知で、自らここまで来ました。この石を託されたのは僕で、僕以外の人に渡すわけにはまいりません。この力の使い道に関しては、僕に責任があります」

たかが十歳の子供と侮られようと、これだけは譲ってはならない。チャドの信頼を、裏切るわけにはいかないのだ。

「……なるほど。さすが王の子であり、聖獣に愛された子だ」

オスニエルは納得し、ベンソン伯爵を振り返る。

「聞いただろう。これ以上採掘を続けることは、この土地にとってよくない。俺は、閉山を勧める。もちろん、これまでに渡した補助金を返還する必要はない。作業員たちには、しばらくは閉山に伴う処理を頼めばいいだろう。それでも人員と技術者があまるようであれば、王家で借り受けよう。オリバーが手にした石の力を利用する方法を考えなければならないからな」

「陛下……」

「伯爵。国を治める者として、ひとつだけ言う。大事なものを間違えてはならない。避けられる事故ならば、避けられるよう全力を尽くさなければならないのだ。領民が一番大事だ。人がいなければ、国は国でいられない。これ以上、文句があるようなら改めて聞こう。……オリバー」

「はいっ」

オリバーは背筋を伸ばしてオスニエルと向かい合う。

「よく話してくれた。聖獣がお前に力を託したのは正しかったのだと、この父が証明してみせる」

「……父上」

「お前を支えていこう。一緒に、その力の使い道を考えるんだ」

ようやく笑ってくれたオスニエルにホッとした瞬間、オリバーの目尻に涙が浮かんできた。

「あ、ありがとうございますっ」

「お前には勇気がある。俺は誇りに思うよ」

「……っ」

欲しかった言葉を与えられ、オリバーはこらえきれず、父にしがみついた。カイとロジャーは顔を見合わせ、互いに微笑む。

十歳の王太子が聖獣の声を聴いたといううわさ話は、この日を境に瞬く間に広がっていった。銀のメッシュが入ったその一風変わった髪が、間違いなくブライト王国の血を継いでいることを証明しているため、オリバー本人が思うよりずっと、それは信ぴょう性を伴って伝わっていったのだ。

そのことでオリバーを持ち上げて、聖獣から力を得ようという者も多くいたが、そちらに関してはオスニエルが一蹴した。

「我が国はもともと聖獣の力など信じてはいないだろう。いることは認めるが、力を借りすぎれば国が弱体化するだけだ。俺は俺の信じる道を行く」

オスニエルはそう言い、実直な国家運営を崩さなかった。

できる限り石の力には頼らずに済むようにと、たくさんの研究者を集め、有効な自然エネルギーを模索し続けたのだ。

＊　＊　＊

城に戻り、リーフェとドルフは並んで中庭への道を歩いていた。二匹とも子犬姿なので、周囲も微笑ましく見守っている。

『ふん。ふん、ふーん』

『ご機嫌だな』

リーフェは尻尾を振りながら耳をピンと立てる。

『うん！　オリバーが頼ってくれたからね！』

『ああ。だが、あまりこの国の人間に姿を見せるのは感心しないな。とくに、お前の力は利用しやすい力だ。チャドがオリバーの力を頼ったようにお前も利用される可能性はあるんだ。気をつけろ』

『ふうん？　でも、ドルフは私に力を貸せって言わないよね？』

『俺は強いから、お前の力などべつにいらない』

『ふうん』

リーフェはそよそよとした風に吹かれながら考えた。

アイラもオリバーも力を貸してほしいとは滅多に言わない。ただ、そばにいてほしいという。だからここは自然が少ないわりには、居心地がよくて温かいのだ。

聖獣の加護を持たないオスニエルに至っては、聖獣の力は認めていながら、できるだけその力を使おうとはしない。

ここにいる人間たちは、力ではなく、リーフェ自身を求めてくれるのだ。

それはとてもうれしいことだ。リーフェはようやく、母親以外に信頼できる存在を見つけた気がする。

『私、ずっとドルフのそばにいようかな』

『は？』

『だって。ドルフなら私の力を悪用しようって考えないし？　オリバーやアイラともずっと一緒にいられるしね』

立ち止まってほうけるドルフをよそに、リーフェはご機嫌のまま歩いていく。

『……っ、子供なのもいい加減にしたらどうだ』

ドルフのボヤキは、リーフェには届かないまま風に吹かれていった。

エピローグ

「でね。拍手がすごかったの。私、お姫様にでもなったみたいな気分だった」

「アイラはもともとお姫様じゃないか」

「あ、そっか。でもね。本当に、とっても気持ちよくって。私、やっぱり歌うのが大好き」

後宮の居間で、フィオナが背もたれに体を預けている。向かいのソファには、アイラとオリバーがふたり並んで座っていて、アイラが今日の合唱祭の様子を一生懸命伝えていた。

来賓としてオスニエルが出席したことも、アイラの興奮の理由だ。容姿端麗な国王を間近に見た友人たちはおおいに盛り上がり、それが自分の歌を褒められたのと同じくらい、アイラにとってはうれしかったらしい。

「母様も見たかったわ」

「私、今歌ってあげる！」

アイラがコホンと咳ばらいをし、服を手で軽く整えてから歌いだす。

フィオナはそれを幸せな気持ちで眺めた。もう臨月となるお腹の子供も、興奮したのかお腹を蹴っている。

「アイラの歌に喜んで、動いているわ」

「……触ってもいい？」

オリバーがおずおずと言ってくるので、フィオナは手招きし、隣に来た彼の手を取り、一緒にお腹にあてる。

「るる……あっ、いいな、オリバー！」

「お姉ちゃんの歌を聞きたがっているんだから、やめないでアイラ」

「ううっ、……るるるー」

アイラが歌っている間、お腹の子は拍子を取るようにフィオナのお腹を蹴り上げていた。

ドルフとリーフェも、子犬姿で床に寝転がりながら、尻尾を揺らしている。

アイラが歌い終わると、フィオナもオリバーも拍手をする。それだけではない。ドアの外からも拍手が聞こえた。

「誰？」

「素敵な歌声ですね。失礼してもよろしいですか？」

ポリーに案内されて居間に入ってきたのはジャネットだ。

「まあ。ジャネット様」

「遅くなりました。フィオナ様。このたびは公務のお手伝いということで呼んでいただきまして」

王妃としての公務は、オスニエルがある程度は済ませてくれるが、孤児院に関する事業はそうはいかない。

それで、ジャネットに協力を仰いだのだ。

「申し訳ないわね。ジャネット様も自領でのお仕事があるのに」

「大丈夫ですわ。今は兄嫁がおりますので、私などいなくてもいいくらいですの。呼んでいただけて、ありがたいくらいです」

ロイヤルベリー公爵が遅い結婚をしたのは、七年前。ちょうどオスニエルが戴冠式をおこなってすぐ後だ。

最初はジャネットが教える形で、孤児院に関する事業や領内の事業の取りまとめなどをおこなっていたそうだが、兄嫁である公爵夫人はなかなかのやり手で、最近はジャネットの出る幕はないらしい。

ジャネットには城に部屋を用意し、一年ほど滞在してもらう予定になっている。

ジャネットが、アイラとオリバーと挨拶を交わす。

「お仕事の話をなさるのですよね。僕たちはこれで失礼します」とオリバーが言い、アイラと一緒に居間を出ていった。

フィオナは、ジャネットに座るよう勧め、依頼内容をひと通り説明した。

「これで安心ね。公務のことはジャネット様がいてくださるし、後宮のことはポリーに頼めるもの」

「フィオナ様は、安心して健やかなお子様を産んでくださいね！」

ポリーに元気よく言われ、フィオナもお腹をなでながら微笑む。

「そうね。楽しみだわ。オリバーにアイラ。ポリーの子供たち。たくさんのお兄ちゃんやお姉ちゃんに囲まれて過ごすんだもの。この子もきっと、出てくるのを楽しみにしているわね」

＊　＊　＊

それから三日後。フィオナは産気づき、後宮は一気に慌ただしくなる。

「今回は氷漬けにならなそうね」

「ちょっと怖かったわよね。あの時」

後宮のメイドたちのひそひそ話に、「とはいえ気を抜くなよ」と声をかけたのはオスニエルだ。

「へ、陛下！」

「フィオナになにかあれば、俺もまともじゃいられないからな」

「はいっ！　もちろんです！」

オスニエルは、その日の執務のうち火急のものだけを片づけ、後宮へと戻ってきた。

出産となるとひと晩かかることも覚悟しなければならないので、夫婦の寝室とは別に、出産用に東端の一室が用意されていた。オスニエルがそちらに向かうと、アイラとオリバーが、不安げな様子で廊下にいた。そばにはシンディがついている。

「あ、父様！」

アイラは涙目で、オスニエルのもとへ駆け寄ってくる。

「母様、すごく痛そうなの。出産ってみんなああなの？」

「母上が……」

オリバーも、青い顔で言葉をなくしている。

「おふた方が不安そうでしたので、お部屋にお戻りなった方がよろしいのではと申し上げたのですが、どうしても離れがたいとのことで」

シンディが状況を説明する。どうやら、最初は部屋の中で見ていたが、あまりにもつらそうなフィオナの様子に、アイラが泣きだしてしまったらしい。

シンディは部屋に連れていこうとしたが、ふたりとも、どうしてもここから動きたくないと言ったのだそうだ。

オスニエルは、励ますようにふたりを抱き寄せる。

「お前たちの時もこうだったんだ。それでも母様は、お前たちを無事に産むためにがんばってくれた。今回も大丈夫だよ。祈っていてやってくれ」

そう慰めたものの、オスニエルも出産の間だけは落ち着かない。

男の身ではどうすることもできない。ただ、フィオナががんばっているのを眺めるだけの役立たずだ。

「そうだ！」

オリバーはポケットからしおりのようなものを取り出した。

「これ、マーゴットが、僕が休んでいたときにくれたんだ。幸運のお守りだっていうし、これにみんなで祈ろうよ」

「四つ葉ね。わかったわ。父様も」

「ああ」

みんなで祈り、力を込める。一緒に祈るだけで、子供たちの顔から少しずつ不安の色が消えていく。

ドルフもリーフェもいつの間にかやって来て、みんなで祈りながら、扉の向こうのフィオナを思い浮かべる。

(頼む。どうか母子共に無事に生まれてくれ)

長い時間が経過して、アイラとオリバーは、疲れてきたのかうとうとし始めた。

部屋に連れていって寝かせようかと考えていたとき、《おぎゃあああ》と産声が聞こえて、みんなが我に返る。

「……元気な声」

最初に言葉を発したのがアイラだ。

「母上は、ご無事かな」

のろのろとオリバーが立ち上がる。

子供たちより先に、オスニエルは機敏な動きで、無言のまま部屋の扉を開けた。

「陛下!　元気な男の子です」

ポリーの手に抱かれた赤子は、大きな声で泣きながら、ぬくもりを求めて手を伸ばしていた。

オスニエルはその子の手を軽く握った後、すぐにフィオナのもとに向かう。

フィオナはすっかり疲労困憊《こんぱい》といった様子で、意識も朦朧としていた。呼びかけに薄く目を開け、「オス……ニエル様？」と名を口にする。

「よくやった。ご苦労だった」

「ふふ」

彼女はやわらかく微笑んで、オスニエルへと手を伸ばす。

「そんなに泣きそうな顔、なさらないでくださいませ」

「早く元気になってくれ。このままでは執務に集中できない。……愛しているんだ、フィオナ」

「まあ。しっかりしてくださらないと、ドルフに蹴られますよ」

くすくすと小さく笑ったものの、フィオナは疲れたようにその目を閉じた。

「フィオナ！」

叫ぶオスニエルに、アイラが突進してくる。

「父様、ひどいわ。私だって母様とお話したかったのに、ひとりじめして！」

「アイラ。……母様は休めば起きられるだろう」

「だったら、私に先に話をさせてくれてもよかったじゃない！」

拗ねて叫びだすアイラを、オリバーは苦笑しながら見つめた。

「オリバー様、弟君ですよ」

ポリーが見せてくれた弟に手を伸ばせば、彼はオリバーの指を精いっぱいの力で握りしめてくる。

「ふふ。早く大きくなろうね。僕は君と遊ぶのが楽しみだよ」

オリバーの声に、「あだぁ」と小さく赤子が泣いた。

＊　＊　＊

それから、八年の時が過ぎる。

十八歳のオリバーは、大学に通う傍ら、執務の手伝いもするようになっていた。

「まあでも学生だ。無理はしなくていい」

「大丈夫です。事務仕事は父上より向いている気もしますし」

「それ、正解ですよー、オリバー様！」

オリバーの返答にロジャーが元気よく答える。眉をひそめるのはオスニエルだ。

「まあ、認めるがな。であれば、俺の判断が必要だと思うものとそうでないものを分けておけ。少し散歩をしてくる」

オスニエルは立ち上がり、ひらひらと手を振って出ていってしまう。

「あ、オスニエル様！　まったく、オリバー様に任せて消えるなんて……」

「ロジャー、勘弁してあげてよ。父上はこの八年、鉄道事業の計画見直しや、新しいエネルギーの開発で、精神的に休まることがあまりなかったんだから」

「まあ。実際ご立派でしたけれどね。これまで推進してきた事業の見直しなんてあり得ないという貴族たちの反感を受けながら、研究者たちを叱咤《しった》してなんとかここまで来ましたもんね」

オスニエルは、ベンソン伯爵の件があってから、採掘場の見直しをおこなった。全鉱山を対象に地盤調査をし、ベンソン伯爵領のように、地盤沈下の危険性が高いところは閉山とした。

そのせいで鉄の産出は減り、鉄道整備計画には全体的に遅れが生じた。

その批判をひとりで引き受けながら、オスニエルはオリバーに約束した通り、代わりに得たチャドの力がつまった石のエネルギーを使い、河川の氾濫が多い地域に堤防をつくったり、人の住んでいない未開発の高地を整備し、水を引いて、居住地を増やしたりと、人の暮らしをよくするために尽くした。

その期間に、研究者たちは鉄の代替品となる軽金属を開発していったのだ。

「それに、父上もそろそろ母上が不足しているんだろうから？」

オリバーがにやりと笑って見せると、ロジャーも苦笑してうなずく。

「相変わらずオスニエル様はフィオナ様にぞっこんですね。……フィオナ様がいらしてから、この国はずいぶん変わりました」

「そうなの？　僕たちが生まれる前のこと、よかったら教えてよ」

ロジャーが遠い目をして、オリバーにオスニエルの変化を語る。

軍神と言われ、戦場に身を置くことに自分の存在価値を見いだしてきたオスニエルが、優しく強い子煩悩《こぼんのう》な父になるまでの、一連の出来事を。

「今の父上が、僕は大好きだなぁ」

その時、廊下側が騒がしくなり、突然に扉が開く。

入ってきたのは、アイラと、腕にリーフェをかかえた、現在八歳になる弟のザカリーだ。

「オリバー！　ちょっとだけ話があるの！」

「どうしたの、アイラ、ザカリーまで」

「これっ……これっ」

アイラの手には、舞踏会の招待状らしきものがある。

「姉様、お手紙をもらったんだって」

「キャン」

リーフェはあきれたように尻尾を揺らして、『アイラ、公爵様の息子にひと目惚れしたんだって』と教えてくれる。

「なに？　お誘いがきたんならいいじゃない」

「よくないよぉ。ドレス、どうすればいいの？　派手じゃないけど、品格を失わないものなんてある？」

「そういうのは母上に聞けば……」

「今、お父様が来ているから、邪魔できないのぉ」

そうは言いつつ、ドルフがこの場にいないところを見れば、彼は空気を読まずにふたりの邪魔をしているはずだ。アイラも気にせず行けばいいのだ。

「ちなみにこの舞踏会、マーゴットも呼ばれているのよ」

「ぶっ」

オリバーが思わず噴き出すと、アイラはにやりと笑う。

「だから、オリバーも行きましょうよ。お兄様にエスコートしてもらうって言っていたけど、もうご結婚されているし。どこかの素敵な独身男性がエスコートしてくれたらいいのにって感じじゃないかしら」

「待って、アイラ。僕じゃ逆に迷惑をかけるから」

「迷惑だなんて、誰が思うのよ。一国の王太子が。あなたは間違いなく、この国一番の優良物件よ」

いや、マーゴットはそもそも王妃になどなりたくないのではないか。

そんな疑問を、オリバーはのみ込んだ。

これでも王太子だ。国のための政略結婚をと言われれば応じるつもりではあるが、もし自分で妃を選んでいいと言われれば、オリバーはマーゴットを選ぶだろう。

（……声をかけても、いいんだろうか）

彼女が王妃向きの性格ではないことはわかっている。それでも、一緒に歩いていくのならば、自分の心を慰めてくれる人のそばにいたい。

オリバーが顔を上げると、窓からはよく晴れた空が見えた。

【Fin】

特別書き下ろし番外編

願いを叶えてくれる手を

ロイヤルベリー公爵家は、オズボーン王国の東に位置する。現当主は、ダレン・ロイヤルベリー。七年前に輿入れした妻と子供ふたり、そして、実妹のジャネットと共に暮らしている。

「……はあ」

ジャネットはため息をついた。緑がかった艶のある美しい黒髪、長いまつげの奥に緑の瞳がきらめいている。最近誕生日を迎え、三十六歳となったが、ジャネットの美しさは少しも衰えていない。

手もとにあるのは、北部に領土を持つクーパー伯爵の肖像画だ。現在五十歳。五年前男やもめで暮らす彼の後添いとなってはどうかという話が、ジャネットのもとに来ているのだ。

「どう？　たしかに年齢は離れているけれど、あなたも三十六になったのだもの。もう子は産めないでしょうし、初婚の相手よりもいいんじゃないかしら」

この話を持ってきたのは、義姉《あね》であるカーラだ。

「お義姉様《ねえ》」

「あなたを追い出したいわけじゃないの。ユーイン様のことを想っているのも知っているわ。ただ、もう十分長い時が過ぎたじゃない。新しい幸せを見つけてほしいのよ」

ジャネットは今の自分が不幸だとは思っていない。

領内の香水の事業は法人化し、ジャネットは精油のブレンドの部分にのみかかわっている。フィオナから勧められた孤児院の子供たちの就業支援も、香水製造会社、花《か》卉《き》栽培業者、販売店など、香水製造販売にかかわる業者に協力してもらい、彼らの才能に合わせた就職先を見つけることができている。

自分の子は持てなくとも、かかわったすべての子供たちがジャネットの子供のようなものだ。この生き方に悔いなどない。

ジャネットは、前のめりで彼女の答えを待つ義姉を見て、内心でため息をつく。

(お義姉様も、私がいるとやりにくいのよね、たぶん)

兄であるダレンは結婚が遅く、ジャネットは寡婦となり実家に戻ってからずっと、屋敷の女主人として振る舞っていた。

しかし、当主が結婚すれば屋敷の女主人はその奥方となる。

誰もが頭ではわかっていたが、これまでジャネットに差配を頼んできた使用人たちは、彼女を頼りにすることも多かったのだ。

義姉も屋敷に慣れるまでは、ジャネットを頼りにしてくれた。ジャネットも頼まれたときは快く引き受け、彼女が出産で大変なときには、代理として屋敷内を管理した。

しかし、兄である公爵の子供たちも六歳と四歳。

そろそろ手が離れてきた義姉は、ジャネットとの距離を測りかねているようだ。

そんなタイミングで縁談が持ち込まれ、ジャネットとしても心中穏やかではない。

自分を追い出したいのだろうかと勘繰ってしまう。

(でも理解はできるわ。夫の妹がいつまでも一緒に暮らしているなんて、やりにくくてあたり前だもの)

「お義姉様。せっかくですが縁談はお断りくださいませ。私、結婚には興味がありませんの」

「またそんなことを言って。あなたは美しいのだから、女としての幸せをもっと貪欲に求めたらいいのよ」

義姉の中では、男にすがって生きることが女の幸せなのだろう。しかし、ジャネットには全然響かない。

「……でも私は、誰かの庇護下でおとなしくしているなんてまっぴらですわ」

「まあっ」

言いすぎてしまっただろうか。義姉の眉間に少し皺《しわ》が寄る。言い合いになる前に逃げ出そうと立ち上がると、部屋にダレンが入ってきた。

「ジャネット、いるか？　ああ、カーラもいたのか」

「お兄様」

「お前に頼みたいことがある。フィオナ様からのご依頼だ。出産の直前から一年ほど城に手伝いに来てほしいとな」

「フィオナ様から？」

ジャネットは兄の手から書簡を受け取る。女性らしい丁寧な筆致で、文字がつづられている。

「王妃の執務に関して、手伝いをすればいいということかしら」

「そのようだね。外交関係は出産や育児だからで済むけれど、フィオナ妃はほかにもいろいろ携わっておられるからだろう」

「そうですね」

王都の孤児院での就業支援、商人たちとの意見交換。フィオナは王妃というだけでなく、経済界において重要な役割を果たしている。

「……わかりました。私、王都にまいりますわ」

「即決だね。いいのかい？」

「ええ。ロイヤルベリー領のことは、お義姉様に任せておけば問題ありませんもの。……よろしいですわよね」

「ええ。もちろんよ。ジャネット様」

義姉はにっこりと請け負った。まったく不快にならないと言えば嘘にはなるが、新婚の時期も小姑《こじゅうと》付きで暮らしてきたのだ。彼女の気持ちもわかる。

「久しぶりの王都だもの。楽しんでこなくちゃ」

ジャネットも前向きに、新しい暮らしに思いをはせた。


それからひと月後、ジャネットはふたりの侍女を伴って、王都へと向かった。

「ようこそお越しくださいました。ジャネット様」

出迎えに来てくれたのは、オスニエルの側近であるロジャー・タウンゼントだ。

「まあ、ロジャー様。お久しぶりでございます」

九年前にジャネットが王都を訪れた際も、なにかと世話を焼いてくれたのが、彼だ。

いつも笑みをたたえている人あたりのいい男というのが彼の第一印象だが、軟弱というわけではなく、時にはオスニエルにもしっかり意見する芯の通った性格だ。

オスニエルと違って、必ず笑顔で迎えてくれるので、顔を見るとホッとする。

「相変わらずお綺麗ですね」

「まあ、ロジャー様はお上手ですね」

「本当ですよ。九年前と少しもお変わりありません」

それを言うならば、ロジャーもだろう。エスコートするために差し出される所作の優雅さも、歩調を合わせてくれる気遣いもなにも変わらない。

「ジャネット様、こちらのふたりは」

そんな彼が少し怪訝そうに侍女たちを見たので、ジャネットは苦笑する。

「私の侍女です。マリ、ジェーン。ご挨拶なさい」

ふたりの侍女はもたもたと並ぶと、「よろしくお願いいたします」と頭を下げた。

姿勢もやや猫背で、公爵家の侍女としては作法がおぼつかない。

ロジャーは疑問に思ったようだが、すぐに笑みを顔にのせ、挨拶を済ませる。

「ロジャー・タウンゼント＝エーメリーと申します。どうぞよろしく」

「……エーメリー？」

「ああ、ご存じではありませんか？　オスニエル様から子爵位を賜ったのです」

「まあ、そうでしたのね。おめでとうございます」

「オスニエル様の側近としては多少箔《はく》がついたくらいですけれどね」

苦笑するロジャーを励ますようにジャネットは笑う。

「でも爵位があるのとないのでは違いますでしょう？　奥様も喜ばれたのでは？」

一瞬、妙な沈黙が走った。

「……ロジャー様？」

「ああ、失礼。恥ずかしながら、私はいまだ独身なんです」

「まあ、そうでしたの。私こそ大変な失礼を。……でも、意外ですわ。ロジャー様ならお優しいから引く手あまたかと」

「もともと伯爵家の三男ですから。継ぐ領地もありませんし、オスニエル様の側付きとしては、婿入りするわけにもいきませんしね」

貴族の次男三男は、騎士として身を立てるか、辺境の有力貴族に婿入りすることが多い。

そのどちらもできないロジャーには、なかなか縁談もこないのだろう。

オスニエルの側近を長年務めているということは有能なのだろうし、忍耐強さもあるはずだ。見た目が悪いわけでも能力がないわけでもないのに、運が悪ければそういうこともあるのかと、ジャネットは気の毒に思ってしまった。

「……ご愁傷さまですわ」

言ってから失礼だったかもしれないと思い至り、ジャネットはハッとして口もとを押さえる。恐る恐る彼の顔を覗き見ると、ロジャーは噴き出しそうな顔をしていた。

「……あの」

「ぷはっ。あはは、これは申し訳ありません」

「申し訳ございません。私、失礼なことを」

「いえいえ。この年になると、みんな気を使って濁してくださるので、はっきり言っていただけるとすがすがしくていいです」

ロジャーは相変わらずにこやかだ。ここのところ、義姉との本心を明かさないやり取りに疲れていたジャネットは、ふわりと心が軽くなった。

「……ふふ。世のご令嬢方はもったいないことをなさっているかもしれないですね」

「どういう意味ですか？」

「ロジャー様は本当ならおモテになるはずなのにという意味です」

身内ではない男性とこんなふうに気負わずに話すのは久しぶりだ。

ジャネットは楽しくなってきていた。

ユーインを失ってから、ジャネットは香水作りに没頭し、交流目的の夜会に顔を出すことはほとんどなかった。

公爵家に戻ってからは、兄のパートナーとして姿だけは見せていたが、自分を結婚相手にと望んでくる男性のことは、常に警戒していた。

それは、フィオナの子供たちによってもたらされた奇跡のおかげで、ユーインときちんとお別れすることができた後も同じだ。

ユーインとなしえなかったことを、ほかの男性とする気にはなれない。とくに、子供をつくること。ユーインが強く望んだそれだけは。

貴族の家系に嫁いでしまえば、必ず跡継ぎを求められるだろう。だからこそ、ジャネットは男性と接触することそのものを避けてきたのだ。

しかし、年を重ねたことにより、その気負いも薄れていた。

今のジャネットを結婚相手にと望む男性はいないだろう。この国の女性は、大体三十五歳までには出産を終える。一般的にその年齢を超えると、子供を作るのは難しいとされているのだ。だったら、少しは男性の友達をつくって、世界を広げてみるのも悪くない。

（まあ、彼は私が再婚しても子供をつくっても、気にするなと言うのでしょうけど）

どこまでも寛大で優しかったユーインを思い出し、ジャネットは少し切なくなる。

「どうぞ、こちらです」

うっかり長考してしまったが、ロジャーは気にした様子もなく、ジャネットをエスコートした。

ジャネットもリラックスして前を見る。

（こういう男性となら、友情を育むこともできるかもしれないわね）

その微笑みが、世の男性を魅了しているとも知らず、ジャネットは警戒心を解いた笑みをロジャーに向けたのだった。


通されたのは応接室だ。

メイドがお茶を準備するために下がっている間に、ジャネットは侍女ふたりに、立ち位置の説明や、貴人が入ってきたときの態度などを指導した。

そして、不思議そうなまなざしを向けるロジャーに、説明する。

「失礼があったら申し訳ありません。実は、このふたりは孤児院出身なのです」

「孤児院ですか？」

普通、公爵家の侍女ともなれば、子爵家や男爵《だんしゃく》家の第二子や第三子がなることが多い。

だが、ジャネットはあえて、孤児院の中でも有望そうな子を連れてきて、自分の侍女として教育していた。

「ええ。フィオナ様がなさっていたように、手に職をつけさせるという意味で、有望そうな子たちを侍女として育てようと思っているのです。ロイヤルベリー公爵家で仕えていたという実績があれば、箔がつきますし。身元保証人というしろ盾くらいにはなれますから。もし侍女として働けなかったとしても、作法を身につければ、よりいい職場で働くこともできますもの」

「はあ」

このアイデアは、義姉には大反対された。公爵家として、それでは面目が保てないと。義姉は悪い人間ではない。ただ、わかりやすいほど保守的ではある。

義姉だけでなく、反感を示す者は多かった。実行することができたのは、当主である兄が味方になってくれたからだ。

てっきりロジャーもそうかと黙っていると、彼はあっけらかんと笑う。

「素晴らしい試みですね。侍女を務めることができれば収入は十分ですし、需要もあります。一度結婚でやめることになっても、再就職も期待できますからね」

思ったよりすぐに肯定の言葉が聞けて、ジャネットはぽかんとしてしまった。

「ロジャー様はそう言ってくださるのね。反対される方の方が多いのです。義姉も……」

「公爵夫人ですか？」

「ええ。伝統を重んじる公爵家にふさわしい方です。でも私は、いろいろとっぴなことをしておりますから、義姉から見れば理解できないところもあるのでしょうね」

「新しいことを始めるには勇気がいります。伝統を守るには強い信念とたゆまぬ研鑽《けんさん》がいりますね。どちらも素晴らしいことです。ただ、互いに咲く場所が異なるだけでしょう。場所を取り合わないよう、植える場所に気をつければいいだけのことです」

あまりにもさりげなく言われた言葉に、ジャネットは目を見開いた。

たしかに、折り合えないことが悪いわけでもない。義姉には義姉の、ジャネットにはジャネットの信念があるのだ。そばにいるからぶつかり合ってしまうだけで、離れてしまえばお互いに気遣うことなく好きなことができるだろう。

「なるほど……咲く場所を考えなければいけないかもしれませんね」

あの屋敷は、あくまで公爵家当主のものだ。出ていくならばジャネットだ。幸い、これまでに貯めている個人資金もある。郊外に屋敷を構えるくらいのことはできるだろう。

「ありがとうございます。ロジャー様。いろいろ考えさせられましたわ」

「そうですか？　とくになにをした覚えもありませんが」

「なんとなくですが、オスニエル様があなたを重用する理由がわかった気がします」

「え？　私にはわかりませんが？　どのあたりを見てそう思うんですか？　ジャネット様」

予想外にロジャーが食いついてきた。ジャネットはおかしくなってしまう。

「ちょっと言葉では説明できませんね。ただ、なんとなく、です」

語り口調が穏やかで、人に圧を与えることもない。彼は、あまり人をとがめる語彙《ごい》を持っていないのではないかと思うくらいだ。

ただ淡々と真実をついてくる人に会ったのは初めてかもしれない。

「あの、フィオナ様にご挨拶できるかしら」

「ああ、そうですね。後宮の方へご案内しましょう」

手を差し出され、のせようと伸ばした瞬間、ロジャーがにこりと笑う。

「ところでジャネット様。大変失礼なことをお聞きしますが、今現在結婚を約束された男性はおられますか？」

「えっ？　いいえ」

「でしたらよかったです。先にオスニエル様にお目通りいただいてから、フィオナ様のところにお連れします」

ロジャーは表情を変えることなく、にこやかにジャネットの少し前を誘導するように歩いた。

（今のは……なんだったの？）

独身女性をエスコートすることへの気遣いだろうか。しかし、最初に馬車を降りたときは、なにも気にせずに手を差し伸べていたはずだ。

不思議に思うが、そこを追求することは自意識過剰な気がして恥ずかしく、ジャネットはなにも言えなかった。


後宮は、以前ジャネットが王城に来たときとは様変わりしていた。

日の光がよく入り、快適そうな空間だ。

「ジャネット様！　お久しぶりです」

以前も見たことのあるフィオナの侍女が、ジャネットとロジャーを見つけて、足早に近づいてくる。

「ポリー。フィオナ様に取次ぎをお願いいたします」

「はい。こちらです。どうぞ」

ポリーは元気よく請け負った。ここで一度ロジャーとはお別れだ。

奥に進むにつれて、歌声が聞こえてくる。

「アイラ様が学校の合唱祭で歌われた曲だそうですよ」

ポリーがそう説明してくれる。

ジャネットはアイラのことを懐かしく思い出した。ユーインが自分のそばにいると、教えてくれた小さな姫。彼女との別れぎわに、まだユーインが見えるか聞いたときには、もういないと教えてくれた。あれで、ずいぶんジャネットは彼のことを吹っ切れたのだ。

侍女ふたりには扉の前で待っているように伝え、ジャネットはポリーが開けてくれた扉から中に入る。

「素敵な歌声ですね。失礼してもよろしいですか？」

フィオナがジャネットを見つけ、満面の笑みを向けてくれた。

「まあ。ジャネット様」

「遅くなりました。フィオナ様。このたびは公務のお手伝いということで呼んでいただきまして」

ジャネットはフィオナとの挨拶を済ませると、驚いた様子の小さな姫に腰を落として礼を取る。

「アイラ様。お久しぶりでございます」

しかしアイラはきょとんとしている。あたり前だ。最後に会ったとき、彼女は二歳にもなっていなかった。

「姫君がとても小さい頃にお会いしたので、私のことを覚えていらっしゃらないとは存じますが。ジャネット・ロイヤルベリーと申します」

「ロイヤルベリー……、ダレンおじ様の家の方ね」

「ええ。妹ですわ」

「母様がお手紙を書いている人よね。ようこそ。アイラ・オズボーンと申します」

アイラは小さいながら淑女の挨拶をする。そして隣にいた男の子が立ち上がった。

こちらがオリバー王太子だろう。

さすがオスニエルの子と思えるくらい、この年頃にしては筋肉のついた体だが、顔がフィオナ似なので、とても優しそうに見える。

「オリバー様、ご機嫌麗しく。ジャネット・ロイヤルベリーと申します」

「オリバー・オズボーンです。ジャネット様のお話は、母からうかがったことがあります。とても頼りになる方なのだと」

「まあ、それは光栄ですわ」

ジャネットはにっこりと微笑み、フィオナに向き直る。

「おふたりとも、すっかり大きくなられましたわね」

「ええ。みんなが手伝ってくれるから、助かっているわ」

フィオナは以前よりふっくらしたようだ。そのせいか、とても幸せそうに見える。

(……不思議ね)

ジャネットはフィオナのことは好きだ。けれども昔は、幸せそうな彼女を見て、チリチリと焼けつくような嫉妬が湧き上がってくるのを止められなかった。

でも今は、時間がたったからだろうか。さほど嫉妬心も湧かなかった。

「お仕事の話をなさるのですよね。僕たちはこれで失礼します」

オリバーがそう言い、アイラを伴って居間を出ていく。

フィオナは、現在自分に課せられている公務の内容、王都の孤児院への支援など、ひと通りジャネットに説明した。

「ジャネット様にこんなことをお願いするのは、本当に申し訳ないのだけど」

「いいえ。以前とは立場が違いますものね。公務を完全になさらないというわけにはいかないでしょう」

双子の妊娠時は王太子妃だ。フィオナが動けなくとも王妃がいた。しかし今はそうはいかない。とくに、フィオナが大幅にかかわっている孤児院への支援は、文官に任せるのも難しいのだろう。自領で同じような活動をしているジャネットに白羽の矢が立つのは、おかしなことではない。

「でも、お願いするならジャネット様しかいないって思ったの」

ジャネットはその信頼が、うれしくもあった。

「では、さっそく明日からお手伝いさせていただきます。すぐフィオナ様が安心して任せられるくらいにしてみせますわ」

「ありがとう。助かるわ」

「それと、紹介したい子たちがおりますの」

ジャネットはそう言い、廊下に待たせていた自らの侍女たちを中に招き入れた。

「今、孤児院から有望そうな子を侍女として育てる試みをしていますの」

「侍女？」

「ええ。就労支援の一環ですわね。作法も身につくので、もし侍女として仕えられなくても、ほかの職を探すのに役に立ちますし」

中に入ってきたふたりの女性は、王妃の御前とあっていっそう緊張していた。声を震わせながら、「お目にかかれて光栄です」と挨拶をする。

「まあ。孤児院から。ふふ、そんなに緊張しなくてもいいのよ。さすがジャネット様だわ。素晴らしい試みだと思います。あなたたちが成功すれば、これからの子供たちにも未来が開けるはずだわ。どうかがんばってちょうだい」

「そんな、恐れ多い……」

まさか王妃にそんな優しい言葉をかけてもらえるとは思わず、侍女たちは顔を真っ赤にして恐縮している。

ジャネットは予想通りの反応に、胸が温かくなる。フィオナのもとでなら、自分らしくいられるのではないかという気持ちを、改めて強くしたのだった。

挨拶を済ませ、ジャネットたちは居間を出ると、後宮の入り口で待っていたロジャーによって、今度は城に与えられた部屋へと送ってもらう。

（それにしても……私なんかにかまっていていいのかしら）

「ロジャー様、私のためにお時間を取らせてしまってすみません。オスニエル様の公務の方は大丈夫ですか？」

「今は将軍たちと騎士団の訓練に関する打ち合わせ中ですので、私はいなくとも問題ありません」

「そうですか」

「ジャネット様、なにか困ったことがあればいつでもお声がけください」

部屋の前まで送ると、ロジャーはにこやかに微笑んだ。

礼を言って中に入ると、途端に侍女たちが騒ぎだす。

「こら、ふたりともはしたないわ」

「だって！　ジャネット様、隅に置けないですね」

「ええ。ロジャー様って絶対ジャネット様のことがお好きですよね」

「……ええ？」

ふたりがなにを言っているのか、ジャネットにはピンとこなかった。

「いいえ。ないわ。ないわよ。どこをどう見たらそうなるの？」

「だって。ロジャー様、ずっと熱いまなざしでジャネット様のことを見ていましたよ？」

「ロジャー様は誰にでも愛想がいいのよ」

そうだ。それだけだ。なのにそんなことを言われると、彼の顔や会話の内容を思い出してしまう。

「……おかしなところなんて、なかったわ。それよりあなたたち、ここは王城だから、公爵家よりも気を引き締めないと駄目よ。王城の使用人の動きを見られるのは、ある意味いい勉強になるわ。周りの人をしっかり観察して、できる使用人の動きを覚えてちょうだい」

「はい！」

ふたりのいい返事に、ひとまずはホッとしたジャネットだった。

ジャネットが王城に滞在するようになって、ひと月。人々はジャネットがいることにも慣れてきていた。

そんなある日、ジャネットが図書室で調べものをしていると、五十代くらいの政務官が近づいてきた。

「ジャネット様、毎日熱心ですな」

「まあ、マルク様。ごきげんよう」

ジャネットは距離の近さに少し身を引く。

マルクが逃げるように出ていき、ロジャーは怪訝な表情のまま、ジャネットのもとへと近づいた。

「なにか悲鳴のような声が聞こえた気がしたのですが。大丈夫ですか？　なにもされていませんか？」

「大丈夫です。まだ」

「まだ？」

ロジャーの眉がピクリと上がる。

「私を、オスニエル様の愛人だと思っている方は、案外おられるのですね」

「愛人？」

ロジャーの声が低い。そんな彼を見ていて、ジャネットは逆に冷静になっていく。

「こんな年増でも愛人にしたいと思われる方がいるなんて、意外ですわ」

「年増？　そんなことを言ったのですか？」

「いいえ。それはさすがに。でも、オスニエル様の愛人でもないのならば自分と……というようなお話でしたね」

「……奥方もおられる方がよく臆面もなくそんなことを」

怒っているロジャーを見ていると、ジャネットは不思議な気分になってくる。

だって彼は、ジャネットのために怒っているのだ。普段あんなに温厚で、誰とも波風を立てようとしないのに。

「嫌な思いはしましたが、ロジャー様が来てくれたので大丈夫です」

ジャネットが気持ちを切り替えるかのように笑うと、ロジャーは、ぐいと彼女の肩を掴んだ。

「本当ですか？」

真剣な瞳だ。ジャネットの表情から嘘がないかを探り出そうと必死になっている。

「できれば、図書館に来るときは声をかけてください。ここは死角が多いので」

「そうします。少なくとも侍女を連れて歩くことにしますわ」

「それがいいですね。……ジャネット様、申し訳ないのですが、しばしじっとしてくれますか」

「え？」

ロジャーは突然謝ったかと思うと、ジャネットの肩に額をのせてきた。彼の顔が、すぐ近くにある。息遣いさえ聞こえてきて、ジャネットも動転してしまう。

「……ろ、ロジャー様？」

「すみません。これ以上のことはしないの[illegible]少しだけこのままでいてください。……怒りが治まらないので」

「ど、どうすれば治まりますか？」

ドキドキしながら、ジャネットは聞き返す。

「背中を……」

「え？」

「背中を軽くたたいていただいてもいいですか？」

「……は？」

なにを言いだすのだ。ジャネットは顔が真っ赤になるのを感じる。

顔を肩に押しつけたまま身動きしなくなったロジャーの背に、ジャネットは手をあてた。

思ったよりも、固い背中だ。ユーインも線は細かったが、胸のあたりは筋肉がついていた。彼は戦争にも出るため、鍛錬を欠かしていなかったからだが、ロジャーもそうなのだろうか。

ぽん、ぽん、と手を動かす。すると、ロジャーの深いため息が肩のあたりで響いた。

「……ありがとうございます、ジャネット様」

顔を上げたときに見えたロジャーの表情に、ジャネットはドキリとする。笑っているわけでも、怒っているわけでもない。ただ切なそうな瞳は、ジャネットの心臓に小さな爆弾を仕掛けたのだ。

数日後、ジャネットはロジャーのことが気になりつつも、普段通りに過ごしていた。あれからマルクは一度もジャネットに近づいてこない。ロジャーがオスニエルにうまく言ってくれたのかもしれない。

一度意識してしまうと、気になってしまうのは人の常だ。ジャネットは、なんとなくロジャーのことを目で追ってしまう。

「ジャネット様、こちらで一緒に休憩しませんか？」

「ロジャー様、ありがとうございます」

ロジャーは驚くほどいいタイミングで、ジャネットを休憩に誘いに来る。それは、オスニエルと一緒の時もあるし、ロジャーがひとりでの時もあった。

「こちらのクッキーが、今王都で有名なのですよ」

ふとした時に視線を感じる。お皿を置くときに、やわらかく微笑んでくれる。

そんな時、ジャネットは彼の表情を見ていられないような気分になって、彼の顎ばかり見ることになるのだ。

それでもロジャーがジャネットに直接言い寄ってくることはないし、ジャネットが不快だと思うほど距離を詰めてくることはなかった。

状況が変わったのは、それからまた一週間ほどたった後だ。その日、ロジャーは違った誘いを持ちかけてきた。

「ジャネット様。乗馬はなさいますか？」

「いいえ。私、移動は馬車ばかりで」

女性でも乗馬をたしなむ貴族はいる。が、ジャネットはもともと箱入りで外出自体少なかった。

「実は、馬で三十分ほどの場所に、とても景色のいい場所があるんです。アカシアの木があるのですが、オレンジ色の花を咲かせるのですよ」

「まあ、珍しい。黄色じゃなくて？」

「ええ。王都にいる間に一度お見せしたいと思ったのですが、馬車ではいけない細い道を通らねばならなくて」

「まあ、そうなのですか」

「……よければ、私の馬に一緒に乗りませんか？　お嫌なら、女性騎士をひとり頼みますが」

ロジャーは必ず逃げ道を用意してくれる。

男性とふたりきりになるのはよくない。とはいえ、ジャネットは未亡人で貞淑さを求められる立場ではない。

「まいります。ロジャー様、連れていっていただけます？」

「もちろんです！」

ロジャーの顔がぱっと晴れ渡る。

ジャネットは彼とどうなりたいのか、自分でもわからない。

ロジャーは話し相手として最高の人だ。なんの気も使っていないようでいて、彼は常に四方に気を回している。ジャネットが間違っているときは、やんわりと指摘してくれる。

友人として付き合っていくならば、一生でもお願いしたいくらいだ。

（ただ恋愛は、どうなのかしら）

もう長いこと、ジャネットは恋をしていない。ずっと、ユーインの思い出と共に生きてきたのだ。

（ユーイン様のことは今も好き。彼より誰かを好きになることとなんて……）

ないかもしれない。それでも、この先の一生をひとりで生きるのかと思うと、少し寂しい気もする。

(だからと言って、子供を産む気がない私が、誰かの妻になるなんてあり得ない。後妻ならまだしも、初婚の相手になんて……)

いつの間にか、相手としてロジャーを想像していることに、ジャネットは少し焦る。

(……頭を冷やしたいわ)

お茶の時間を終え、再び執務に戻る。そして一日の最後にフィオナに報告するために後宮へと向かった。

「失礼します。フィオナ様」

後宮の居間に入ると、そこにはオスニエルもいた。

「あら、オスニエル様も休憩中でしたか。出直しましょうか?」

「いや。いい。俺が勝手に抜け出してきただけだからな。報告なら一緒に聞こう」

「では」

そうして一連の報告を、フィオナとオスニエルはうなずきながら聞いた。

「本当に頼りになるわ。ありがとう、ジャネット様」

「いいえ。仕事をしていると気が紛れますし、私こそお礼を言いたいくらいです」

「……なあ、ジャネット」

オスニエルが顎に手をあてたまま尋ねる。

「ロジャーが、君にかいがいしくつきまとっていると思うのだが。嫌ではないか？　なんなら俺からきつく言っておくが」

「いいえ？　ロジャー様は気を使ってくださっているだけです。それどころか、ほかの方からつきまとわれて困っていたところを助けてくださったのです。感謝していますわ」

「なんだと？　誰だ？」

ジャネットが愛人契約を持ちかけてきた貴族の名前をあげていくと、オスニエルは不快そうに腕を組む。

「まったく。くぎを刺しておく。ほかにはないのか？　フィオナの頼みを聞いてくれた君に、不快な思いをさせるわけにはいかない」

「ええ。大丈夫です。細かなことはロジャー様が気を使ってくれていますし」

「ロジャーな。……俺が思うに、あいつは君に気があると思う。最近やたらと浮かれているしな。ここ何年も縁談を組んでも全然乗り気じゃなかったのは、もしかして君を待っていたのかもしれないな」

「え？」

「以前はずっと結婚したいと言っていたんだ。だが縁談がきてもなぜかうまくいかない。爵位を与えてからは女性の方が乗り気になっても、ロジャーが断ることが多くなってきた。改めて考えると、あいつの態度が変わったのは、九年前、君が王都に滞在してからだった気がしてきてな」

ロジャーが今、ジャネットに好意を示してくれているのはわかる。うぶな少女でもない。多少なりとも恋愛感情があれば、伝わってくるものはある。しかし九年前と言われれば首を振らざるを得ない。

九年前なら、ロジャーはすでに二十代後半だ。結婚を焦る年だろう。そんな頃に、まだユーインへの想いにとらわれているジャネットを想っていても先がない。自分の人生を棒に振るようなものだ。

「いつもニコニコしているが、案外重い男かもしれない。その気がなければ気をつけろ。迷惑なら俺から言ってやる」

「迷惑では……ありません」

「できれば、気がないのならばスパッと振ってやってほしい。俺もいい加減ロジャーには落ち着いてほしいし……」

「なぜ私が振る前提なのですか！」

思わず大きな声を出してしまい、ジャネットは自分でも驚いて口もとを押さえる。

「わ、私は、これで、失礼します」

ぽかんとする夫婦に慌てて頭を下げ、ジャネットは後宮を飛び出した。

心臓がドキドキする。これではまるで、ロジャーのことが好きみたいだ。

（嫌いじゃないわ。でも私……）

自分の気持ちが掴めない。ジャネットは途方に暮れたまま、顔を押さえていた。


ロジャーとの約束の日がやってくる。

軽装のロジャーは、ジャネットが動きやすさを重視してドレスを選んだことを、とても褒めてくれた。

「横乗りになりますので、怖かったら腕に掴まっていてください」

馬は細い道を走っていた。どうやら小高い山を登るようだ。馬はジャネットが思っていたよりも揺れ、恐怖もあってロジャーの腕にしがみついた。

「怖いですか？」

「少し」

「じゃあスピードを落としましょう」

風がやわらかく感じられるくらいの速さになり、ジャネットにも周囲を見る余裕が出てくる。

「あっちになにか見えるわ」

「もうすぐ目的地ですよ」

登りきったところは、大きく開けていた。大きな木があり、赤に近いオレンジ色の小さな花がたくさん咲いている。

「わあ、これがアカシアですね！　オレンジは珍しいですわね」

「ええ。花言葉は『優雅』だそうです。ただ、色によって花言葉は違うそうですよ。黄色だったら『秘密の恋』だとか」

「秘密……」

なんだかいろいろと意味深だ。ジャネットはどう返事をしていいのかわからない。

「優雅な人と聞いて、連想するのがジャネット様だったのです。ですから、どうしてもあなたにこの花を見せたいと思って」

懐かしむような声で、ロジャーが言う。

昔、ユーインはジャネットに白い花をくれた。まだ恋もよくわかっていないようなうぶな少女だったジャネットに、よく似合うような。

「……今の私は、こんな色なのでしょうか」

「え？」

「いいえ、こちらの話です」

三十六歳のジャネットに、もう純白は似合わないだろう。時間の経過を思い知る。

悪い意味ではなく、時は流れていくのだ。

「コホン。あの、ジャネット様。これから言うことは、あなたを困らせてしまうかもしれません。ですが、オスニエル様にも、振られるなら早くしろと言われてしまいまして」

ロジャーはジャネットに向き直ると、その手を取った。熱のこもったまなざしで見つめられ、ジャネットはドキリとしてしまう。

「ジャネット様。ずっと前から、あなたをお慕いしています。身分違いだと思い、ずっと言葉にすることができなかったのです。最初はあきらめようと思っていましたが、子爵位を得たことで、あなたに届くかもしれないとわずかな望みを抱くようになってしまいました」

ロジャーが子爵位を得たのは五年前だ。その間、ジャネットとはなんのやり取りもなかったのに。

ジャネットを見つめるロジャーの目が、わずかに伏せられる。

「あなたがユーイン様を忘れていなくてもかまいません。ただ私を、おそばに置いてはくださいませんか？」

ジャネットの中に言葉にしがたい感情が湧き上がる。半分はうれしさ。だがもう半分は苛立ちだ。

ロジャーの願いを素直に受け止めるなら、ジャネットはロジャーを愛さなくてもいいということになる。九年も会っていないジャネットをただ思い続けて、そばにいられれば見返りもいらないなんて、そんなことを本気で思っているのだろうか。

ジャネットは嫌だ。もちろん、ユーインとの思い出は大切な宝物としていつまでも持ち続けていたいと思っている。それでも、新たに誰かと一緒にいようとするならば、その相手のことを幸せにしたいと思っているのだから。

「……私は、嫌です」

「そうですか」

しょげたようなロジャーの声に、重ねるように言葉を紡ぐ。

「この先を一緒に過ごす人のことは、愛したいですし、愛されたいのです。ですから、愛を望んでくださらなければ困ります」

「……え？」

ロジャーは目を見開き、口を半開きにする。少し間抜けな顔に、ジャネットは噴き出しそうになる。

「私、ロジャー様のことは好きですよ。ユーイン様と比べることはできませんが、ロジャー様はロジャー様として好感を持っています。ユーイン様ほど愛することができるかは、今はまだわかりませんが、望んでくださるのなら、一緒に気持ちを育てていきたいと思って……」

「本当ですか！」

食い気味に言葉をかぶせてきたロジャーは、ジャネットの手を両手でぎゅっと握りしめた。ジャネットは自分の頬が熱くなっているのを感じる。

「え、ええ。ただ、結婚となれば子供が必要でしょう。それが私には……」

「子供はいなくてもかまいませんよ」

あまりにもさらりとロジャーが言う。

「どうせ、残すべき家名というわけでもありませんし、子供が欲しければ養子でもいいと思っています。ジャネット様が孤児院の子を侍女として育てているでしょう。それと同じように養子として何人か受け入れてもいいですし」

ジャネットがひそかに引っかかっていたことを、ロジャーはあまりにも軽く乗り越えた。

「それは、……ありがたいです」

「もちろん、好きな研究を続けてもらってもいいんです。香水をつくることがジャネット様の生きがいなのでしょう？」

「ええ。……もうひとつだけお願いしてもいいかしら」

「なんなりと」

ジャネットはもじもじと言いよどんだ。

なんでも聞いてくれそうなロジャーの笑顔に、背中は押されたように口を開く。

「私より先に、……死なないではしいのです」

「……ジャネット様」

「もう置いていかれるのはたくさんです。それだけを守ってくださるなら、なにもいりません……！」

震えるように絞り出した本音を、受け止めてもらえるか心配になる。

ロジャーは驚いたような顔でしばらくジャネットをじっと見ていたが、やがておもむろに口を開く。

「わかりました」

即答されて、ジャネットは少しだけ冷めた気分になった。

（そんなあっさり？　本当に私の不安を理解してくれているのかしら。ただ、適当に返事をしているだけなのでは……）

しかし、そんな不安は、彼が続けた言葉で吹っ飛んでしまった。

「ですが、神の定めた寿命は、人の私にはいかんともしがたいものがあります。もし、私の寿命がジャネット様より先に尽きる場合は、私が死ぬ前にあなたの命を奪わなくてはなりません。それでもいいですか？」

ジャネットは驚いた。まさかそんな物騒な返答が返ってくるとは思わなかったのだ。

「それは、私を殺す……と？」

「そういうことになりますね」

ロジャーは基本的に優しい。実際にそんなことができるはずはない。だからこれは、ジャネットの不安を消すためだけに言っていることだろう。

それでもこのひと言があるだけで、ジャネットには彼の言葉がただの口約束ではないと信じられたのだ。

一瞬、オスニエルの心配そうな顔が頭に浮かんだ。もしかしたら彼は、ロジャーのこんなゆがみに気づいていて、心配していたのかもしれない。

死んだ夫を忘れなくてもかまわない、子供もいらない、先に死なないために最後は殺してあげますというのは、愛と言うには重すぎる。

(私、おかしいのかしら。それが、うれしいだなんて)

ロジャーなら、先に死なないためにどんな努力でもしてくれるだろう。それが、今のジャネットがなによりも求めていることだった。

「……はい！　よろしくお願いします」

臆することなくうなずくと、ロジャーの方も一瞬たじろいだようだ。

「あ、もちろん、その時になって嫌になったら言ってくれればやめますからね」

「そうですね。ロジャー様が長生きしてくだされればいいだけの話です」

ジャネットは微笑み、ロジャーの腕の中に飛び込む。

もしかしたらいつかこの選択を後悔するかもしれないが、それでもいい。

停滞した今よりも、楽しい未来が待っているような気がするのだから。

【Fin】

あなたが笑顔でありますように

これはフィオナが二十七歳のときの出来事だ。

オリバーとアイラは学校に行っていて、公務もない。フィオナは久しぶりにゆっくりと後宮で紐《ひも》編みをしていた。

(ふふ、こういう時間もたまにはいいわね)

一時間くらい集中すると、すっかり体が凝っている。フィオナが腕を伸ばしていると、オスニエルがやって来た。

「オスニエル様?」

いつもと雰囲気が違うので、フィオナは一瞬別人が後宮に入ってきたのかと驚いた。オスニエルは、遠目ならば騎士団の平服に見える黒の上下を着ていた。目を隠すように前髪を下ろしていて、一見すると、ただの護衛の兵士のようだ。

「フィオナ、今暇か? ちょっと抜け出すぞ」

「抜け出すって。どこにです?」

「いいから、これに着替えろ」

　オスニエルが持ってきたのは、フィオナが昔、お忍びで街に出るときによく着ていた簡素なドレスだ。デザインが若い娘向きなので、最近は手に取ることもなく、衣装部屋の奥の方に入っていたはずだ。

「これ、私にはもう若すぎませんか？」

「なにを言う。似合うから着てみろ」

　オスニエルがそう言うので、渋々着てみるも、出産前と比べて少し胸回りがきつい。

「フィオナ様、お似合いですよ」

　シンディはそう言ってくれるが、鏡に映る九年前のドレスを着た自分は、やっぱり無理があるように見えて気恥ずかしい。

「なんか、恥ずかしいわ」

「私がお仕えし始めた頃に着ていらしたものですよね。今も着られるなんて、フィオナ様、出産しても体型が変わっておられないのですねぇ。すごいですわ」

　シンディはフィオナが双子を出産する少し前から務めているのだが、彼女こそ九年前からほとんど変わっていない。

（なんだか、昔に戻ったみたい……）

　服装だけでそう思えてしまうのは不思議だ。自分は単純なのかもしれない。

「お待たせしました。オスニエル様」

「うん。いいな。……シンディ。俺たちは少し外出してくる。ロジャーが来ても知らないと言い張れよ」

「お忍びでお出かけですか？　護衛は？」

「俺がいるのに護衛が必要か？」

オスニエルは腰に下げている細身の剣を軽くたたいた。

「失言でした。いってらっしゃいませ」

「子供たちが先に帰ってきたら頼むな」

「はい」

こうしてわけのわからぬまま、フィオナはオスニエルに連れ出されて街へと出てきたのだった。


街までは馬で下りてきたふたりは、街の入り口にある馬繋場《ばけいじょう》に馬を預け、そこからは歩きで街を巡った。

髪型を変え帽子もかぶっているからか、騎士平服姿のオスニエルが国王だとは誰も気づかないようだった。しかし、普段から街に下り、商談を重ねているフィオナは平かけてくる。

民からの認知度が高い。とくに商店街に入ると、店の主人《あるじ》たちがすぐに気づいて声を

「フィオナ様、視察ですか？」

「商店街でお祭りをするんです。ぜひご意見聞かせてください」

護衛を連れているのも普通のことなので、うしろについているオスニエルはすっかり護衛だと思われているらしい。

フィオナは、軽く挨拶をして、そそくさと商店街を抜けた。

「お前は、民に慕われているのだな」

ようやくふたりきりになったところで、オスニエルが言った。

街の中心を流れる川を、橋の上からふたりで眺める。

「……オスニエル様の今日の目的はなんだったのですか？」

露店で買ったジュースをオスニエルに渡し、フィオナは静かに尋ねる。

オスニエルは苦笑し、受け取ったジュースをひと口含んだ。

「今日がなんの日か知っているか？」

「今日？」

「成婚十周年だ。対外的にはお前が正妃になった日が結婚記念日とされているが、側

妃になったのは今日だったろう」

「まあ」

フィオナは驚きで声も出せない。

オスニエルは、記念日などを気にする男ではないと思っていた。正妃となった日は、毎年王室で祝いの行事があるが、側妃となった日はとくに祝ったことなどなかった。

「十年という節目でもある。なにかないかと思ってずっと考えていたんだが、思い出すのはお前にひどいことをしたという事実ばかりだった」

政略結婚、しかもオスニエルにとっては望まぬ結婚だったため、嫁いだ当初の扱いはひどいものだった。今となればただ懐かしいだけなのに、オスニエルはいつまでも気にしている。

「結婚前の思い出があるわけでもない。だから、国王でも王妃でもなく、恋人同士のようなデートをしてみたくなったのだ」

「……あ」

それでこの服装なのか、とフィオナは合点がいった。

「私のせいで、王妃と護衛になってしまいましたね」

「いや、お前がいかに王妃として、この国に尽くしてきたかがよくわかった。皆、俺には気づかぬくせに、お前にはすぐ気づいた。それはお前が民の目線に合わせ、この国を強くしようとしてきたからだろう」

オスニエルは誇らしそうに、しかし落ち込んでもいるような低い声で、つぶやいた。

川面を眺めるまなざしが、寂しそうだ。

オスニエルはごくまれにこんな顔をする。幼い子供が、母親へのプレゼントに失敗したときにするような、そんな表情だ。

「……私は、楽しかったですよ。たくさんの思い出の場所を巡れましたから」

「え?」

フィオナは微笑み、彼の前で大きく手を広げる。

「王都には、私たちの思い出がいっぱいありますよ。一緒につくり上げてきた国ですもの。オスニエル様は覚えていませんか? あの広場で、偶然会ったこともありました。劇場で観劇したこともありましたわね。この橋は、私が老朽化を指摘して、あなたが直してくださったものです。どんな小さなことも、すべてあなたとの大切な思い出です。私は、思い出いっぱいの都で暮らせて、幸せですよ?」

「フィオナ」

オスニエルは少しだけ泣きそうな顔で、彼女を見下ろす。

「喜ばせたいと思っても、俺が喜ばされてばかりだな」

「それに……」

フィオナはうつむき、手を胸の前で合わせたまま、恥ずかしそうにつぶやいた。

「オスニエル様は、私の一番の夢を叶えてくれました。だからこれ以上、望むことなどありません」

「夢？」

「ええ。幼い少女のような夢で恥ずかしいのですが、子供の頃から、『私だけを見てくれる人と愛し合い、一生を添い遂げたい』と思っていたのです。それを叶えてくださるのは、オスニエル様しかいませんもの。七度の人生のことを思うと、あなたを愛せるなんてとても思えなかったけれど、今世のあなたは、私の気持ちを覆してくださいました。ありがとうございます」

「フィオナ」

「それに……、昔の私は自信がなくて、誰かに幸せにしてもらうことばかり考えていました。七度の失敗があったからこそ、今度は自分を信じて、自分で自分を幸せにしようと思えるようになったのです。そうしたら、考えてもみなかった幸せが、私のもとに訪れました。だから、つらい死の記憶も、きっと私には必要なものだったと、今は思えるのです」

　オスニエルからの返事はない。不思議に思ってフィオナが顔を上げると、彼の顔が今までに見たことがないほど真っ赤に染まっていた。

「オスニエル様……」

「まったく。お前はどうしてそう……かわいいのだ」

「え？」

　突然、ぎゅっと抱きしめられる。

「お、オスニエル様、人目が……」

　通りがかる人からの視線を感じる。

「べつに見られてもてもいい」

「いや、よくありませんよ？　オスニエル様、今の自分のお姿わかっています？」

　このままでは、王妃が騎士と不倫などと、よくないうわさを立てられてしまう。

「だったら、バラしてしまえばよかろう」

　オスニエルが帽子を投げ捨てると、フィオナを両腕で持ち上げた。

「きゃっ」

「俺はお前が妻であることがうれしくてたまらない。好きだ。一生お前しかいらない。

だからお前も、俺のことを置いていくな」

橋の上で愛をささやく男が、目立たないわけがない。

最初はざわついていた平民たちだったが、王妃を抱きしめる美丈夫が国王であることに気づき、今度は冷やかし交じりに騒ぎ立てる。

「愛しているぞ、フィオナ」

真っ赤になったフィオナをお姫様抱っこしたまま歩きだす。

野次馬の平民たちが、道の両脇に下がって彼らが通るために道を空ける。

「俺は今、全世界にお前の自慢をしたい気分だ」

「勘弁してくださいませ……」

フィオナは恥ずかしさのあまり、オスニエルの肩に顔をうずめる。

(うれしい、うれしいけど……、私もう、子供もいる身なのに……!)

女性として扱われることが、うれしくて恥ずかしい。フィオナはせめてもの仕返しとばかりに彼を睨んだが、素直に笑みを返されて、毒気が抜けてしまった。

「……これも、また思い出になりますね」

「ああ」

——正体がバレてしまったこの日の出来事は、当然のごとく翌日の新聞に載せられた。

【国王、昼日中の王都で愛を叫ぶ】

などといった見出しが、一面にでかでかと載っている。

「勝手なことをなさるからです」

ロジャーに怒られても、オスニエルは気にしない。

かわいい子供と充実の人生を与えてくれた妻を喜ばせるために、彼は今日も余念がないのだ。

【Fin】

あとがき

お久しぶりです、坂野真夢です。このたびは『8度目の人生、嫌われていたはずの王太子殿下の溺愛ルートにはまりました3』をお手に取っていただき、ありがとうございます。

まさかの三巻目です。本当にうれしいです！　応援してくださった読者の皆様には本当に感謝しかありません。

さて、三巻目を書くにあたり、悩んだのがメインの事件をどうするかでした。今さら、フィオナ夫妻には波風を立てたくないので、夫婦の悩みの定番、成長する子供のことを中心にし、オリバーの葛藤を軸に話を組み立てていきました。

オリバーが石好きなので、そのへんから膨らませようと思い立った私。突然前置きもなく、夫に「地質の勉強がしたいです」と言ってみました。すると彼は、「じゃあ……」と県内の科学博物館に連れていってくれました。おかげで鉄隕石と出会い、ヒントを得て、この物語を作り上げることができました。ありがとう、夫。

オリバーの遠慮がちというか、自分の気持ちを伝えるのが苦手な性格は、私とよく似たものです。ひと言気持ちを伝えれば済むだけのことを、黙っていたせいでこじらせてしまったことは過去に何度もあります。今回は、リーフェが聞かない性格なので、さらにこじれましたね（笑）。

あと、ようやくロジャーの話をお届けすることができました。お待たせしました〜。思ったよりも愛が重かったです。自分でもびっくり。

さて、最後にお礼です。

表紙イラストを担当してくださった八美☆わん先生。リーフェがとってもかわいくて最高です。お忙しい中、本当にありがとうございました。

担当の鶴嶋様、編集協力の佐々木様には、いつも感謝しきりです。私の足りない描写を補足していただき、読み手目線の指摘をいただけて助かっております。また、出版にかかわっていただいたすべての方に、お礼を申し上げます。

そして最後に、いつも応援してくださる読者の皆様。ありがとうございます。

最後まで楽しく書かせていただきました！

坂野真夢《さかのまむ》

坂野真夢先生への
ファンレターのあて先

〒104-0031
東京都中央区京橋1-3-1
八重洲口大栄ビル7F
スターツ出版株式会社　書籍編集部　気付

坂野真夢先生

本書へのご意見をお聞かせください

お買い上げいただき、ありがとうございます。
今後の編集の参考にさせていただきますので、
アンケートにお答えいただければ幸いです。

下記URLまたはQRコードから
アンケートページへお入りください。
https://www.berrys-cafe.jp/static/etc/bb

この物語はフィクションであり、
実在の人物・団体等には一切関係ありません。
本書の無断複写・転載を禁じます。

8度目の人生、嫌われていたはずの王太子殿下の溺愛ルートにはまりました
～お飾り側妃なのでどうぞお構いなく～3

2023年4月10日　初版第1刷発行

著　　者　坂野真夢

発 行 人　菊地修一
デザイン　カバー　アフターグロウ
　　　　　フォーマット　hive & co.,ltd.
校　　正　株式会社文字工房燦光
編集協力　佐々木かづ
編　　集　鶴嶋里紗
発 行 所　スターツ出版株式会社
　　　　　〒104-0031
　　　　　東京都中央区京橋1-3-1　八重洲口大栄ビル7F
　　　　　TEL　出版マーケティンググループ　03-6202-0386
　　　　　（ご注文等に関するお問い合わせ）
　　　　　URL　https://starts-pub.jp/
印 刷 所　大日本印刷株式会社

Printed in Japan

ISBN 978-4-8137-1419-4　C0193

ベリーズ文庫 2023年4月発売

『孤高の御曹司は授かり妻を絶え間なく求め愛でる【財閥御曹司シリーズ黒凪家編】』 葉月《はづき》りゅう・著

幼い頃に両親を事故で亡くした深春は、叔父夫婦のもとで家政婦のように扱われていた。ある日家にやってきた財閥一族の御曹司・奏飛に事情を知られると、「俺が幸せにしてみせる」と突然求婚されて!? 始まった結婚生活は予想外の溺愛の連続。奏飛に甘く溶かし尽くされた深春は、やがて愛の証を宿して…。

ISBN 978-4-8137-1414-9／定価726円（本体660円＋税10%）

『冷徹富豪のCEOは純真秘書に甘美な溺愛を放つ』 若菜《わかな》モモ・著

自動車メーカーで秘書として働く沙耶は、亡き父に代わり妹の学費を工面するのに困っていた。結婚予定だった相手からも婚約破棄され孤独を感じていた時、勤め先のCEO・征司に契約結婚を持ちかけられて…!? 夫となった征司は、仕事中とは違う甘い態度で沙耶をたっぷり溺愛！ ウブな沙耶は陥落寸前で…。

ISBN 978-4-8137-1415-6／定価726円（本体660円＋税10%）

『愛はないけれど、エリート外交官に今夜抱かれます～御曹司の激情に溶かされる愛育婚～』 紅《くれない》カオル・著

両親が離婚したトラウマから恋愛を遠ざけてきた南。恋はまっぴらだけど子供に憧れを持つ彼女に、エリート外交官で幼なじみの碧唯は「友情結婚」を提案！ 友情なら気持ちが変わることなく穏やかな家庭を築けるかもと承諾するも——まるで本当の恋人のように南を甘く優しく抱く碧唯に、次第に溶かされていき…。

ISBN 978-4-8137-1416-3／定価726円（本体660円＋税10%）

『だって、君は俺の妻だから～クールな御曹司は雇われ妻を生涯愛し抜く～』 黒乃《くろの》 梓《あずさ》・著

OLの瑠衣はお見舞いで訪れた病院で、大企業の御曹司・久弥と出会う。最低な第一印象だったが、後日偶然、再会。瑠衣の母親が闘病していることを知ると、手術費を出す代わりに契約結婚を提案してきて…。苦渋の決断で彼の契約妻になった瑠衣。いつしか本物の愛を注ぐ久弥に、瑠衣の心は乱されていき…。

ISBN 978-4-8137-1417-0／定価726円（本体660円＋税10%）

『愛してるけど、許されない恋【ベリーズ文庫極上アンソロジー】』

ベリーズ文庫初となる「不倫」をテーマにしたアンソロジーが登場！ 西ナナヲの書き下ろし新作『The Color of Love』に加え、ベリーズカフェ短編小説コンテスト受賞者3名（白山小梅、桜居かのん、鳴月齋）による、とろけるほど甘く切ない禁断の恋を描いた4作品を収録。

ISBN 978-4-8137-1418-7／定価748円（本体680円＋税10%）